사람과 삶이 담긴 공간

아홉칸집

사람과 삶이 담긴 공간

아홉칸집

초판 1쇄 발행   2023년 8월 18일
초판 2쇄 발행   2023년 11월 17일

지은이   차민주
펴낸이   김종해

펴낸곳   문학세계사
출판등록   제21-108호(1979. 5. 16)
주소   서울시 마포구 신수로 59-1
전화   02-702-1800
팩스   02-702-0084
이메일   munse_books@naver.com
홈페이지   www.msp21.co.kr
페이스북   www.facebook.com/msp21.co.kr
인스타그램   www.instagram.com/munse_books

ISBN   979-11-93001-18-9   (03810)
ⓒ 문학세계사

사람과 삶이 담긴 공간

아홉칸집

차민주 지음

문학세계사

차례

"집은 인간의 삶 그 자체이기에
삶을 관통하는 기억, 감성, 가치관이 집을 통해 만들어진다.

그러므로 어떤 집을 선택할 것인지 고민하는 과정을 통해
나와 가족의 삶이 재구성된다."

프롤로그

집은 내 삶에 관한 것이고, 당신의 삶에 관한 것이며,
시간이 거쳐 갈 무수한 삶에 관한 것입니다.

청춘의 긴 방황을 끝내고 뒤늦은 나이에 결혼을 해서 도
심 속 아파트에서 신혼을 시작했습니다. 곧 두 아이를 낳았
습니다. 아파트에서 아이들이 쿵쾅거릴 때마다 심장은 쪼
그라드는 것 같았고, 손님들이 와서 고기라도 굽게 되면 주
방과 거실은 연기와 기름으로 범벅이 되곤 했습니다. 내 머
리 위로 같은 구조의 집들이 있고, 내 발 아래로 서로 다른
많은 사람들이 살아가는 아파트는, 내 집이 아닌 것 같았습
니다.

몇 년 후 건축일을 하는 남편의 권유로 아이들과 긴 시간
함께 살아갈 '아홉칸집'이라는 명패를 새긴 집을 짓게 되었
습니다. 수개월의 공사가 끝나고 '아홉칸집'은 평평한 대지
위에 지붕을 이웃하며 어깨동무하듯 집이 늘어선 마을에 포
함되었습니다. 낮고 평평하게 이웃한 이 마을의 하늘은 어

찌나 넓고도 높던지.

'아! 여기가 내 집이구나, 우리가 살 집이구나'라는 생각을 하는 순간, 늘 공간에 허기졌던 오래된 마음에 햇살이 비집고 들어서는 게 느껴졌습니다.

집이 뭐냐고 묻는다면, 나는 평평한 세계라 말할 것입니다. 직관적으로 눈에 보이는 그대로를 말하자면 그렇다는 것입니다. 위아래의 세계가 아니라 정다운 지붕이 나란히 옆으로 이웃한 세계니까. 마을을 걷다 이웃을 마주할 때 나오는 '안녕하세요'라는 말은 며칠 전 외벽 페인트 공사는 잘 완료되었는지, 작은 마당 측면에 땅을 일구어 채소를 심었던 일은 만족스러운지, 강아지의 아픈 다리는 편안해졌는지와 같은 소소한 일상을 공유하는 인사입니다. 그들의 안위가 나의 마음과 연결되는 수평으로 열린 공간이 주택이 모인 마을인 것입니다.

하늘을 가린 게 없으니 사계절 햇살의 농도와 질량을 피부로, 호흡으로, 시각으로 느낍니다. 자연의 예고된 변화에 따라 나란 인간도 봄, 여름, 가을, 겨울의 형태로 내 마음 그릇, 내 말 그릇, 내 성품 그릇이 오묘하게 철 따라 옮겨가는 것을 느낍니다.

사계절을 그때그때 닮아가는 이 집이 좋아서 집과 함께 살아온 몇 해를 보내는 동안 나는 나와 아이, 남편을 품어준 이 집에 진심으로 감사하는 마음을 갖게 되었습니다. 집을 나서고 들어서면서 밥을 짓고 청소를 하면서 생명으로서 집을 바라보는 시선을 갖게 되었다고 할까. 장마철 습기가 오르면 집은 물기를 머금고 습도를 조절하고 스스로 몸을 비틀어 어긋난 틈을 메웁니다. 그때마다 삐거덕하는 소리가 들리는데 내 귀에는 '괜찮아요, 안심해요'라는 집의 마음으로 읽히곤 했습니다.

어느새 나는 이 집의 품 안에서 형태적으로는 이 집의 외관과 내부를, 정서적으로는 집 곳곳의 의미를 생각하며 그때그때 메모를 하게 되었습니다. 그 글이 쌓였을 때 문득 '아홉칸집'에 대한 이야기를 집을 꿈꾸는 사람들과 나누고 싶다는 생각을 했습니다. 지금 당장은 아니더라도 언젠가 내 집을 짓겠다는 꿈을 세우면 여행을 준비하는 사람처럼 그 여정이 행복할 테니까.

글을 정말 써볼까 하는 생각을 실행에 옮김과 동시에 나는 목조건축과 한 뼘 더 친해지게 되었습니다. 목조주택인 '아홉칸집'에서의 일상은 유기농 건강식을 먹는 삶처럼 맑고 건강했습니다. 글을 쓰며 목조건축의 장점을 알 수 있게 된 것은 개인적으로도 유익한 일이었습니다. 글을 쓴다는 것은 쉽지 않은 일이었습니다. 느렸지만 한 글자씩 밀고 나가는 과정에서 괴로움과 한 편을 끝낼 때마다 기쁨을 번갈아가면서 느꼈습니다. 이러한 생경한 경험도 주택에서 사는 덕분이라 여기며 겨울과 봄, 그리고 여름을 보냈습니다.

그러다 작년 여름의 막바지, 마지막 숨을 힘겹게 토해내던 아빠의 마지막 모습을 곁에서 지켜야 했습니다.

슬픔 속에 글은 멈춰버렸고 금리는 올라 삶이 감당해야 할 대출금은 한층 더 무거워졌습니다. 슬픔은 어려움을 늘 동반한다는데 내게도 피하지 못할 때란 있었고, 나는 세월이 나를 치고 가는 대로 우두커니 나를 세워 둘 뿐이었습니다.

가을 바람이 불던 날 산책하다가 어느 물리학자 교수의 방송을 듣게 되었습니다. 과학으로 보면 우주는 죽음으로 충만하여 죽음이 가장 자연스러운 상태라고 합니다. 어느 날 우연한 이유로 모여서 살아 있는 상태가 되는데 그것이 생명이 있는 짧은 순간이라고 합니다. 그래서 삶이 더욱 소중하다는 것입니다. 원자는 사라지지 않으니 내 주위에 죽은 자는 늘 함께 있다고 했습니다. 아, 사라지는 게 아니라 보이지 않는 거구나 하는 생각이 들자 눈시울이 붉게 달아올랐습니다. 그 덕분에 일상으로의 복귀가 조금은 빨라졌던 것 같습니다. 나는 집을 생각했고 나와 아이, 남편을 아우른 우리의 삶을 생각했습니다. 다시금 글을 이어갈 수 있겠다는 생각이 들어 그날부터 쓰기를 이어갔습니다. 삶에 대한 질문이 달라졌고 매일 매 순간 지금을 사는 것이 소중해졌습니다.

남은 인생 가장 길게 머물게 될 이 집에서 나는 오랜 시간 집과 함께 깊이 익어가고 싶습니다. 아빠는 떠났고 대출금은 한 치 오차도 없이 돌아오지만, 이제는 처연하게 웃습니다.

집은 내 삶에 관한 것이고, 당신의 삶에 관한 것이며, 시간이 거쳐 갈 무수한 삶에 관한 것입니다.

'아홉칸집'은 늘 살아 있습니다.

내 집을 짓고 싶은 이,

창문 밖으로 펼쳐질 다채로움을 좋아하는 사람과 함께 보고 싶은 이,

목조건축이 궁금한 이.

진관사 산책 갈무리로 이곳을 지날 때 이 집을 향해 다정히 말을 걸어 주세요. 그러면 내가 반갑게 나가 차 한 잔 내어 드리리.

2023년 여름 북한산 자락에서

차 민 주

내 공간이 우리의 공간이 된다는 것에 대해

혼자살이의 변화를 맞이할 때가 있다. 법적으로 두 사람이 한 공간에 살아야 할 때. 결혼이 그렇다. 도심을 가로지르는 거대한 도로와 길을 가로질러 난 수많은 길 사이로 빼곡하게 아파트가 자리 잡고 있다. 교통, 직장, 편의시설이 가까운 곳일수록 좁고 높고 비싸고 빽빽한 아파트 숲이 도심을 점령하고 있다.

혼자살이를 정리하고 하나의 공간에 둘이 산다는 실감을 했던 것은 내 짐을 새집으로 옮기면서였다. 넓어진 침대, 넓어진 장. 혼자일 때보다 모든 것이 두 배 이상은 커진 공간을 정리하는 내내 나는 결혼을 실감했다.

집에 들어오고 나서야 내가 살 집을 돌아보게 되었다. 주택, 아파트 가운데 어디에 살 것인가 하는 건 이미 정해져 있었다. 출퇴근이 편리한 도심 가까이에 살아야 했고, 주택은 처음부터 선택지에 없었으니 아파트에서 신혼을 시작하는 일은 자연스러웠다.

남편은 집을 짓고 싶어 했다. 그의 직업이 목조건축가니 자기 집을 짓고 살겠다는 희망은 자연스러운 것이었다. 살아보니 요즘 아파트는 훌륭했다. 신혼부부를 위한 커뮤니티도 잘 돼 있었고 아이들 놀이터도 널찍하니 좋았다. 게다가 내가 살던 곳이 사시사철 풍경을 달리하는 북한산을 바로 조망하는 곳이라 정서적으로도 만족했다.

아침에 차茶를 내리다 남편에게 왜, 꼭 집을 지으려고 하는지 물어본 적이 있다. 건축가이니 내심 그럴싸한 대답을 기대했지만, 주택이 아파트보다 좋다는 심심한 대답이 돌아왔다. 그러면서 뒤에 덧붙인 말에 '아! 그렇구나' 하고 고개를 끄덕였다.

'결정된 공간.' 아파트는 결정된 공간이어서 심리적으로 편하고, 몸을 움직이기에도 편리하지만, 살다 보면 의식의 평준화, 삶의 보편화라는 안온한 정서에 머무르고 싶게 만든다는 것이었다. 그의 말에 나는 어렵지 않게 공감했다. 거실, 주방, 개별 방이 벽과 문을 기준으로 나뉘어 있고, 거실에는 소파, TV가 있어야 한다는 인식은 누가 가르쳐주지 않아도 우린 그렇게 따라 살고 있으니까. 우리에게 던져진 온갖 물리적인 환경에 맞춰 개개인이 자기 삶의 태도를 결정하며 살아가는 건 분명 일반적이지 않다. 이를 표상하는 단어가 남편에게는 아파트였다. 결정된 공간이란 말에서 아파트와 주택의 차이가 분명하게 구분되었다.

한 번씩 강남으로 외근을 나갈 때면 브랜드 아파트의 거대한 출입구를 보게 된다. 휘황찬란한 조명과 거대한 로고가 찍힌 외벽을 보면, 그곳에 모여 사는 개개인의 이질적이고도 결이 다른 삶의 정서는 드러나지 않는다. 그곳에는 지위, 가치, 그리고 연합하여 똘똘 뭉친 정서가 느껴졌다.

아파트에 8년을 살아보면서 자연스럽게 주택을 지어야겠다는 꿈이 생겼다. 결정된 공간에서 스스로 결정짓는 공간으로의 이동은 그 모습이 구체화될수록 설레었다. 나의 몸과 마음을 반영한 공간을 만드는 일이다. 이 얼마나 근사한 일인가. 아파트에 살아본 경험은 내 마음속에 주택과 아파트를 구분 짓는 사유의 기틀이 되어 주었다. 목조주택을 업으로서만이 아니라 진정 살만한 공간이라는 그 명확한 이유를 알게 해준 것도 아파트살이가 한몫했다.

　청춘의 바쁜 삶이 정리되고 나면, 조금 시간을 길게 두더라도 주택에 대한 꿈을 꿔보라고 말하고 싶다. 조금 불편해도 마당이 있고, 햇볕이 있고, 떡을 나누는 이웃이 생긴다는 것은, 그리고 무엇보다 나와 내 가족을 닮은 집이 존재로서 함께 동거한다는 것은 아름다운 일이니까.

존재와 시간

『존재와 시간』에서 마르틴 하이데거는 말한다. "인간은 스스로 결정하지 않았음에도 이미 우리는 세계 속으로 던져진 존재"라고. 우리가 우리 자신을 알아차리기 이전에 이미 우리는 하나의 세계 속으로 들어서 있으며, 이러한 불안전한 현실을 통해 우리는 알 수 없는 불안을 느끼고 살게 된다는 것이다.

세상에 던져지고 나서 우리는 왜 불안을 느낄까. 나는 그것이 공간과 관련이 깊다고 생각한다. 하나의 부지에 두 개의 건물이 들어설 수 없다. 땅은 한 뼘 줄지도 늘지도 않는 고정된 것인데, 이 땅 위에 뿌리를 내리고 살아가야 하는 존재는 무수히 많다. 화폐는 얼마든지 발행할 수 있지만, 공간은 그렇지 못하다. 그래서 인간은 공간을 약탈적이라 할 만큼 욕심내는 것이고, 여기서 오는 심리적 긴장감이 마음

깊이 불안을 뿌리내리게 하는 원인은 아닐까 생각한다.

　　나는 작은 소도시에서 유년 시절을 보냈다. 당시에는 고급 아파트가 지금처럼 위세를 과시하던 시절은 아니었다. 아파트에 살면 그저 낯설어서 조금 부러웠던 정도랄까. 그 당시 나에게 집이란 무엇이었을까? 지금도 집을 생각하면 아파트나, 예쁜 주택을 떠올리기보다 오래전 내가 살았던 작고 복닥거리는 집, 엄마 아빠의 살갗과 숨을 바로 옆에서 느끼던 이야기가 넘치던 장면부터 떠올리게 된다. 그렇다, 집이란 내게 그런 곳이었다. 좁고 긴 골목이 있는 풍경 속 일부이며, 동네 아저씨들이 삼삼오오 바둑을 두는 사랑채이기도 했다. 배를 깔고 언니와 도란도란 숙제하고 잠드는 따뜻한 아랫목이고, 처마 끝으로 떨어지는 빗소리와 테이프가 늘어져라 신해철의 노래를 듣던 내 유년 시절을 온기로 감싼 가장 인격적인 존재가 집이었다. 집은 사물화된 존재들로 무수히 삭막해진 세계 속에서 오히려 존재화된 사물로 나를 품어주었던 공간이었다. 자라면서도 나는 내가 머무는 집이 늘 따뜻했으면 좋겠다고 생각했다. 여기서 말하는 집의 따뜻함이란 인간적인 훈훈한 온기가 공유되는 공간을 의미한다.

옛날 내가 살던 집은 불안의 근원이 아니라, 불안을 내려 놓을 수 있었던 안온한 공간이었다. 마흔 중반을 넘어선 지금, 가끔 옛집 근처를 지날 때마다 마음이 애틋해진다. 모르는 이에게는 그저 작고 허름한 집이겠지만, 나에게는 이 공간에 존재했던 수많은 기억의 시간이 여전히 사라지지 않고 고스란히 살아 있음을 실감하기 때문이다.

그래, 집은 살아 있다. 기억이 살아 있는 한, 집은 살아 있다. 집은 사람과 함께 자라며 삶의 허기와 갈증을 채우고, 새 가족을 들이고 식구가 늘고 삶이 깊어지고 풍요로워지는 모든 과정을 기록한다. 집을 떠나 십수 년이 흐른 뒤에도, 돌아왔을 때 집은 나와의 기억을 내 가슴에서 재생시킨다. 우리가 함께 호흡하고 살아왔던 사건의 기록을 낱낱이 말이다.

세월이 갈수록 나는 집이 필요가 아니라, 의미로 세워져야 한다고 믿게 된다. 존재와 그 존재에 담기는 모든 이의 시간이 '집'이라는 생각이 든다.

집의 의미

아파트에 살기 전, 집에 들어서면 관계로부터 완전히 독립할 수 있었다. 의식주衣食住 가운데 입고 먹는 것은 타인과의 관계성이 매우 밀접한 영역이지만, 일과를 마치고 자기만의 공간으로 들어왔을 때는 타인과의 관계가 차단될수록 좋다. 인간은 상호 공존을 모색해야 살아갈 수 있지만, 동시에 스스로 관계를 차단할 수 있는 밀폐된 자기만의 공간이 꼭 필요하다. 남이 함부로 들어올 수 없고 자신의 허락을 얻어야 들어올 수 있는 공간이 있어야 사람은 살 수 있다.

'산다(住)'는 말속에는 여러 동사가 겹쳐 있다. 머물고, 생각하고, 회복하는 것 이상의 동사가 겹친다. 내 공간에 들어서는 순간 그곳은 나만의 의식과 행위를 자유롭게 펼칠 수 있어야만 한다. 최소한 아이가 생기기 전까지 내 삶, 내 공간은 그러했던 것 같다.

가정을 이루고 두 아이가 태어났다. 두 아이가 기고 뛰기 시작하면서 아이들 울음은 문밖으로 샜고, 쿵쿵거리는 발길질은 아래층까지 닿기 시작했다. 참다못한 이웃이 자제해 달라며 현관 벨을 처음 누르던 날, 아이들 발소리가 이웃에 그대로 전달되고 있었다는 사실을 알게 되었다. 이토록 작은 두 발로도 말로만 듣던 층간소음이 일어날 수 있단 사실은 꽤나 따끔하고 가슴 철렁한 일이었다.

어쩌면 주택으로 이사 가야겠다는 생각을 구체적으로 하게 됐던 것이 이날 이후였던 것 같다. 하루의 삼분의 일을 집에서 보낸다는 것은 인생의 삼분의 일을 집과 함께 살아간다는 것이다. 가만히 생각해 보니 밖에서 어떻게 살아야 할지 고민은 그렇게 많이 하고 살면서, 정작 집에서는 어떻게 살아야 할지 구체적인 고민이 너무 없었던 게 아닌가 싶었다.

층간소음 문제를 피하기 위해서는 뛰어노는 아이들의 손목을 붙들고 자리에 앉혀야 한다. 큰 소리가 나지 않게 슬리퍼를 신기고 조심히 걷도록 해야 한다. 목청껏 부르는 노래에 쉿! 하며 입을 오므리고 손가락을 가져다 대야 할 것이다. 마치 궁지에 몰려 주위를 경계하는 동물처럼 행동하는 것은 문밖 타자의 시선을 신경 쓰며 사는 삶을 집에서까지 이어가는 것과 다름없다는 생각이 들었다.

집은 인간이 다른 동물과 다른 차이를 만드는 결정적인 역할을 한다. 문밖에서 인간은 사회를 배운다. 사회를 배운다는 것은 살아가는 데 필요한 문화를 본격적으로 익힌다는 의미다. 문화란 삶의 약속된 동선이다. 예컨대 할 것과 하지 말아야 할 것, 옳은 것과 그른 것을 판단하고 행동하는 능력이다. 그것을 우리는 주로 밖에서 배운다.

그렇다면 집이란 무엇인가? 나는 집이 삶의 본론으로 들어가기에 앞선 프롤로그라고 생각한다. 몽상가로서의 인간, 창의적 존재로서의 인간의 기틀은 자유로움 속에서 만들어지는 것일 테니까. 그것이 집 그리고 가족의 역할이 아닐까 생각한다. 아이들이 마음껏 뛰어놀고 자기주장을 할 수 있는 시기는 정해져 있다. 중학교만 들어가도 말수가 줄고 자아가 명료해지기 시작하면서부터 아이들은 자기 세계 속으로 숨어들기 바쁘다. 나는 이 짧은 몽상의 시기를 놓치고 싶지 않아서 몇 해 후 집을 지어 목조주택으로 이사를 하게 되었다.

비움의 거실

신혼 초 전주, 완주로 여행을 간 적이 있다. 그때 머문 곳이 '아원고택'이었는데 그곳은 250년 전의 고택을 그대로 옮겨와 자연과 벗하며 글을 쓰고 그림을 그릴 수 있도록 많은 문인과 예술인에게 내어준 곳이었다. 갤러리와 한옥 스테이로 운영되고 있었는데, 내부 거실 역할을 하는 곳이 낮은 창으로 되어 있어 풍경을 바라볼 수 있게 하였고 낮은 가구를 배치하여 마음이 차분해지도록 돕고 있었다. 그때부터 내가 그린 거실은 그와 비슷한 분위기였을 것이다. 나의 시선이 가장 오래 머무는 곳이 비움으로 채워져 있기를.

그렇게 자연스럽게 소파와 TV는 소외시키고, 낮고 긴 테이블을 두고 아파트에서 익숙했던 거실 형식에서 벗어나 다양한 활동이 이루어질 수 있도록 자리를 비워 두었다. 아파트의 거실에는 다양한 삶의 이야기가 있을 수 있지만, 그 안의 채워지는 내부 구성 요소는 거의 같은 위치에 놓인다. 거실에 콘센트가 있는 벽에 텔레비전이 오게 되고 반대편에 소파가 놓인다. 소파에 앉아 한 방향으로 바라보는 시간이 길어지기에 가족 간의 시선과 대화는 당연히 줄어든다.

사물의 배치가 일상의 태도를 바꾸는 경험을 하게 되었다. 음악을 자주 듣고 아이들과 실컷 놀고 시간별로 다른 햇살을 따라 그림자놀이도 하였다. 두 녀석의 성격과 취향, 놀이방식의 다름도 더 자세히 관찰할 수 있어 그에 적합한 대응에도 노련해졌다. 종종 큰소리를 내기는 하지만 충분히 정서적으로 안정감을 축적하고 있다고 믿고 있다. 친정 식구들이 놀러 와도 일렬로 거실에 누워 잠들기도 하고, 그러면서 더 많은 이야기를 나눌 수 있었다. 사람을 수용할 수 있는 텅 빈 거실은 자주 웃음이 나고 추억이 새겨지는 공간으로 채워지고 있다.

사족인데, 집을 설계하는 과정에서 기둥보를 세우는 구조로 집짓기가 결정되었다. 집의 뼈대가 기둥과 보로 이루어진 구조이다 보니 거실 여백 어느 지점에 기둥이 서 있게 된다는 것이다. 그래서 나는 남편에게 개방감 있는 트인 거

실이 좋으니 기둥을 없애 달라고 했다. 그리하여 드러나지
않는 곳을 기술로 보강하고 기둥을 없앨 수 있었다.

한식으로 만든 사랑방

나는 서른다섯에 결혼했다. 그때까지 나의 주된 감정은 불안이었다. 그 불안을 잠식시키기 위해 분주하게 무엇인가를 해야 했다. 바쁜 일과가 끝나고 나면 그래 이 정도면 열심히 살았지 다독이며 하루를 마감하곤 했다. 그런데 어느 날 업무를 마치고 한숨을 돌리며 앉았는데 '내가 원하는 삶이 맞아? 너 괜찮은 거 맞아?'라는 생각이 엄습했다. 이런 생각은 틈만 생기면 더 빈번하게 내 머릿속을 어지럽게 했다. 그럴 때면 지나버린 과거에 대한 후회와 관계했던 다양한 대상에 대한 원망이 일어났다. '그때 이렇게 해야 했고, 부모는 그때 나를 왜 도와주지 못했지' 하며 현실의 불만족을 과거에 징징대고 있었다.

이건 분명 내가 원하는 삶의 모습이 아니었다. 어떻게든 현실을 살아내야 했기에 뭐라도 잡고 싶은 심정으로 여러 곳을 부유하며 내면을 들여다보기 시작했다. 여러 가지 무작정 소리를 내어 과거를 해소하고 현재를 환기하는 곳도 있었고 눈을 감고 즉흥적으로 일어나는 움직임을 통해 내면을 읽어보는 수업도 참여하였다. 대상을 집중하거나 호흡 수련을 통해 부정적인 생각의 흐름을 단절시키는 교육도 있었다. 이러한 훈련들이 그 순간과 며칠은 긍정의 에너지를 주고 현실을 받아들이고 무언가 깨닫게 하는 데 도움은 되었다. 하지만 어느 시점이 지나면 뭔가 신통치 않은 느낌과 못마땅한 감정이 자리를 잡았다.

어느 날, 후배 부부가 의식 변화 프로그램을 다녀왔다는 이야기를 하며 나에게도 추천한다고 했다. 난 큰 거부감 없이 관심을 가졌다. 어떤 방식으로 진행되며 안내하는 선생님은 어떠냐고 물어도 그냥 가서 경험하라는 말 외엔 아무 정보도 받지 못한 채 그곳을 들어가게 되었다. 4박 5일 동안 깊고 다채로운 내면 여행을 하였다.

그곳의 수련은 우리가 세상을 어떻게 인식하며 살고 있는가? 혹시 나의 생각이 사실이라고 여기며 살아가고 있지는 않은가? 철저하게 묻고 또 묻게 했다. 낯설고 불편했던 질문들에 지칠 때쯤, 어린 시절의 나를 대면하게 되었다. 학교에서 억울한 일이 있었는데 그걸 말할 곳이 없어 혼자 외로웠던 어린아이가 슬픔과 불안 속에 울고 있었다. 아빠는 사업 실패로 무력감을 느끼고 있었고 어려운 형편을 감당하기 벅찬 엄마는 감정적으로 위태로웠다. 그런 와중에도 집안에는 늘 식구들과 이웃들로 정신이 없었다. 어쩌면 이때부터 불안한 감정을 느낄 때면 무엇이라도 하고 있어야 안심이 되고 그러면서 주변을 원망하거나 내 감정의 원인은 그럴만한 이유가 있다고 생각하며 살았는지 몰랐다. 그런데 나의 내면 아이를 만나 뜨겁게 울면서 깨닫게 되었다. 그 일은 그냥 학교에서 일어난 그런 일이었고, 그 일로 내가 불안을 선택하며 살았구나. 생각은 사실이 아니고 생각은 선택할 수 있는 것이었다. 울고 나니 참 시원해졌다. 어느새 수련실에 따뜻한 빛이 감돌고 있었고 희망의 빛처럼 마음에 새로운 용기가 차올랐다. 주제마다 수련하는 장소가 달랐는데 그곳은 한식으로 만들어진 공간이었다. 문과 알맞은 크기의 창문틀에 한지가 덧대어져 부드럽고 다정한 빛이 내부를 비추고 옻칠을 한 한지 장판이 반질반질하게 웃고 있는 듯했다. 아! 난 이 방에서 치유하고 있구나. 외로웠던 어린 나를 받아주고 보살피며 사랑으로 존중해 주는 느낌이었다.

그 이후, '아홉칸집' 1층에 한옥적인 사랑방이 생겼다. 거실에서 단차를 두어 디딤판에 오르면 양쪽에 미닫이문이 있다. 그 문을 도르륵 열 때의 소리가 경쾌하고 벽은 한지 벽지로 온화하고 미닫이의 한식 창호가 방의 두 면을 차지하고 있다. 창문을 개방하면 마당과 현관을 볼 수 있고 문을 닫으면 가장 내밀한 공간이 되어 준다. 바닥은 옻칠 된 한지 장판으로 예전 시골집의 아랫목 같아 손이 저절로 바닥을 더듬게 한다. 한옥에서 기둥과 보가 구조를 위한 것이라면 실내 공간의 성격은 바닥이 결정하는데 거실보다 한 단계 높게 올리고 나무 창살을 한지에 드리우게 하고 장판을 깔아 한실임을 분명히 했다.

한지 위로 빛이 일렁일 때는 햇살 풍성한 물속을 보는 것처럼 열린 마음이 들고 비가 올 때 짙은 어둠과 고요는 마음의 다른 개별성에 닿는다. 이곳에 있으면 불안이 사라지고 평온함에 잠긴다. 그러다 행여 불편한 감정을 만나도 집요하게 물어볼 수 있다. "불편한 감정 뒤에 필요한 욕구가 뭐니? 너의 본마음은 무엇을 원하니?" 이렇게 표현하며 나는 나의 마음과 이 공간과 사랑의 연결을 시도한다.

함께 사는 이의 집(남편의 시선1)

집을 짓고 이사 오고 나서 가장 달라진 점이라면, 아내의 언어가 아닐까. 조금 느긋해졌고, 두음 정도 톤도 낮아진 듯하다. 나는 평소 말수가 적을 뿐 아니라 반응이 느린 편이어서 아내에게서 늘 불평과 아쉬운 소리를 들어야 했다. 아파트의 평면 공간은 마치 2차원 같아서, 서로의 행동이 서로의 시각에 쉽게 포착된다. 이 사람이 지금 무엇을 하고 있는지가 너무나 빤히 드러나는 탓에 부딪힘이 종종 생기기도 한다. 집은 쉴 곳이라고 하지만, 자기를 피난시킬 만한 공간이 없다는 것은 어째 쓸쓸한 일이었다,

주택을 짓고 집을 옮겨온 이후로는 공간 그 자체가 주는 인간적인 배려에 대해 체감하고 있다. 우리 집은 사무 공간으로 쓰는 지하 공간이 있고 위로는 두 층을 올렸고 틈새 공간을 살려 다락까지 만들어 두니 겹치는 공간이 줄고 자기

만의 안식처를 자연스럽게 찾게 되었다. 아내가 좋아하는 공간과 내가 좋아하는 공간의 구분이 생기자, 정서적인 여유도 저절로 생겨났다. 말은 전보다 다정해지고, 행동은 조심스러워졌다.

이곳으로 이사 오고 나서 감사해야 할 분들이 있는데, 이웃이다. 우리보다 먼저 터를 잡은 세 집이 있는데 그 집 남편들이 죄다 말 수가 그렇게 많다는 거다. 아내들에게 미주알고주알 일상사까지 모두 얘기하는 분들이라, 세 집 아내들은 빅마우스를 단 남편들이 말을 꺼낼 듯싶으면 손을 뻗어 입부터 막고 싶은 심정이란다. 오해는 마시라 행복한 가정들이다. 단지 말 많은 남편들 덕에 말수 적은 내가 반사이익을 좀 보기도 했다는 거다. 이걸 감사하다고 해야 하는 게 맞나 싶지만, 어쨌듯 마당을 이웃하며 편편하게 모여 살게 된 마을로의 이동 덕분에 위아래로 겹쳐 살 때는 할 수 없었던 이웃의 인간적인 면모를 보고 산다. 이런 소소한 즐거움이 주택 마을에 있다.

뽀송뽀송한 지하

우리나라 사람들은 집을 짓거나 선택할 때 남향을 유달리 선호한다. 그러나 건축에서 집의 향向은 절대적이며 일반적이지 않다. 건물의 목적이나 사람의 생활 양식 그리고 대지의 모양이나 위치에 따라 좋은 방향이 될 수도 있고 또 그러지 않을 수도 있다. 우리가 선호하는 남향은 주거 공간에서는 괜찮지만, 쏟아지는 빛 때문에 학습이나 업무를 하기에는 다소 부담스럽다. 또 동향은 아침에 깊숙하게 해가 들어오기에 주로 밤늦게까지 작업하고 늦게 일어나는 사람에게는 그리 좋지 않다.

'아홉칸집'을 지을 때 지하가 습해지면 어쩌냐고 고민하는 나에게 남편은 자신 있게 뽀송뽀송한 지하를 만들겠다고 했다. '아홉칸집'은 남서향이다. 석양빛이 길게 들어오는 특징을 지하 공간에도 적용하여 지하 마당을 파고 출입문 쪽으로 썬큰Sunken을 만들어 빛과 바람이 통하도록 했다. 외부의 빛이 들어오고 작은 앞마당 같은 데크가 생겨 비 내리는 소리와 모습, 눈 쌓인 광경이 한눈에 들어온다. 무엇보다 기초 공사를 할 때 지하층 바닥 슬래브 밑면부터 콘크리트 옹벽 외부 전체를 감싸면서 방수와 단열 작업을 했다. 그렇기에 지하층 콘크리트 골조가 땅속 온도에 영향을 받지 않고 지하 실내 온도와 비슷해져서 결로가 생기지 않게 되는 것이다. 이 공정을 거친 덕분에 지하가 습하지 않고 장마철에도 뽀송뽀송한 상태를 유지할 수 있다.

건축의 즐거움은 건물이 지어진 실체를 상상하고 짓는 것에 있었지만 실제로 그것이 구현된 공간을 느끼는 만족감은 더 큰 즐거움이다. 지하 공간은 건축 사무 공간으로 사용되다가도, 아이들이 실내에서 공놀이나 줄넘기를 할 땐 놀이터가 되고 느긋한 봄날 오후 낮잠이 필요할 땐 나무 마루가 쉼터가 되어 준다. 여기 있으면 생각도 할 수 있고 놀 수도 있다. 안전과 평안도 주고 아이들에겐 영감과 에너지를 주는 공간이기도 할 것이다. 종종 지하에서 빈둥거리며 누워있는 날 보고 남편은 "약속 지켰지!" 하며 싱긋 웃고 간다.

그물

'아홉칸집' 다락 바닥의 일부분은 그물로 되어 있다. 이유는 다락 천장의 경사진 부분에 개방감을 주기 위해서인데, 고민을 하다가 2층에서부터 다락의 천장까지 하나로 연결되는 썬큰 같은 공간을 마련한 것이다. 바닥 일부분이 없어지자 바라던 개방감은 얻었으나 비어있는 공간이 약간 불안하기도 했다. 특히나 어린 아이들이 있는 집이다 보니 펜스를 아무리 잘해놓는다고 해도 돌발적인 일들이 우려가 되었다. 이리저리 궁리하다 그 공간에 그물을 설치하기로 했다. 그물은 망 사이로 빛과 공기를 순환시켜 이 공간을 방해하지 않았고 또 안전성 문제까지 해결해줬다. 여기에 한 가지 더 기대하지 못했던 기능이 추가되었으니 바로 아이들 놀이터이다.

몸무게 900kg까지 버틴다고는 하지만 발을 딛는 순간

몸이 쑥 꺼지는 아찔함이 있어서 얼른 발을 빼고 말았는데 역시 아이들은 보자마자 뛰어 들어가 그곳에서 뒹구는 게 아닌가. 아이들은 선입견, 편견처럼 미리 짐작하여 본인의 행동에 제약을 두지 않는다. 안전하다고 하니 믿고 돌진한다. 아래층 바닥이 훤히 내려다보이는 높이의 실낱들 엮음 속에 제 몸을 던져 뒹굴고 깔깔거리며 잘도 장난을 친다.

집이 넓어지면 늘 청소가 문제다. 어느 날 계단 청소를 하다가 힘에 부쳐 짜증이 났다. 가끔 이처럼 몸과 마음이 뻐 딱해지는 날은 만사 불평이 가득하다. 집을 지을 때 갤러리 같은 거실을 바랐고, 추운 겨울이나 장마철, 몸이 으스스하 거나 축축 처질 때 따끈한 온기로 육체의 고단함을 달래줄 온돌방을 요구했고, 낭만적일 것 같아 다락에 누워 하늘을 보면 좋겠다며 천창까지 욕심냈다. 잡생각을 잠재우고 싶어 시작한 청소 중에 마주하는 나의 욕망과 결핍이 나를 겸연 쩍고 궁색하게 했다. 변화하고 흔들리는 마음이 정상이라고 하지만 보다 다양한 공간에서 생각도 풍부해질 거라 여겼던 그때의 마음이 어쩐지 애처롭게 느껴지는 날이었다.

뭐든 다 좋을 수는 없지만, 주택으로 옮겨온 지금의 내

삶을 나는 감사해야 했다. 진정으로 감사했다. '청소쯤이야'
하고는 계단 끝까지 올라 다락에 다다랐다. 오늘은 웬일인
지 그물에 몸을 누이고 싶은 충동이 일었다. 발을 깊게 넣고
흔들리는 그물 안으로 중심을 잡으며 걸어 들어갔다. 그물
가운데 벌러덩 드러누웠다. '아, 이 느낌 뭐지!' 생각보다 훨
씬 편하고 부드러웠다. 그물망이 흔들리는 마음과 몸을 온
전히 받아내 주고 있는 듯했다. 온몸이 늘어지게 더욱 힘을
빼버리고 머리 뒤로 팔베개를 했다. 천천히 마음이 순해지
고 있음이 감지되었다. 이곳에서 목격되는 색다른 풍경이
몸과 마음의 이완을 도왔다. 외부 테라스로 나가는 창호 너
머로 정처 없이 흘러가는 구름의 한가로움을 만끽할 수 있
었고 바람은 도대체 어디에서 불어와 어디로 가는지 궁금해
졌다.

혼자 실없이 웃고 있는데 큰아이가 하교하는 소리가 들
렸다. 엄마를 찾아 올라오더니 "다녀왔습니다" 인사를 하는
데 어딘가 표정이 뽀로통하다. 무슨 일 있었냐며 몸을 세워
물었다. 하교하면서 한 학년 아래 여학생 두 명이 본인을 툭
건드리고 지나갔다고 했다. 그러고는 별다른 반응이 없어
뭔가 찜찜하다고 전했다. 듣고 보니 그중에 한 명은 유치원

후배인데 복도나 학교에서 본인을 볼 때마다 반가운 인사를 늘 하던 아이였던걸 알게 되었다. 평소랑 다른 느낌이어서 그 일이 어색한 듯했다. 모르고 건드렸을 거라고 말해 놓고선 그 순간 갑자기 궁금증이 올라왔다. "너 그 애가 마음에 드니?"라고 물으니 내 눈을 잠시 들여다보며 "엄마! 몰라서 아름다운 것도 있어"라고 했다. 그 대답이 귀엽기도 하고 더 이상 할 말이 떠오르지 않아서 알았다며 다시 이야기하고 싶을 때 이야기하라고 했다. 어릴 때부터 어휘력도 표현력도 좋은 큰 애는 말수가 적어 답답함을 느끼게 하는 남편 대신 나에게 간간이 내리는 단비 같은 말을 뿌리고 간다.

몰라서 아름다운 것도 있어.

내가 꼭 알려고 애쓸 필요가 없는 것이 많지. 알 필요가 없는 건 알지 않아도 되는 거지. 그러면 세상을 좀 더 여유 있게 살 수도 있겠지. 흘러가는 대로 놓아두는 것이 어떤 일에서는 서로의 평화를 유지하는 데 분명 도움이 되긴 하니까. 아이의 말이 마음에 남는다. 그물 위에 드러누워 가라앉는 동안 스르르 잠이 오려고 한다.

전망 좋은 욕실

　원하는 삶을 누린다는 것은 놓치고 잃어버린 시간을 되찾아 행복한 시간에 쓰는 것이다. 집은 자신에게 알맞은 속도로 일상을 음미하고 진정 원하는 것에 집중할 수 있는 공간이 되어야 한다. 무엇에 가치를 두느냐에 따라, 느긋한 아침 식사 시간을 만들거나 창가에서 독서를 즐기거나 정원의 꽃과 식물을 다듬는 것에 집중할 수도 있다. 각자 에너지와 활기를 돋우는 방식은 다양하다. '아홉칸집'의 내부 공간을 확정 짓는 과정에서 난 밝고 습하지 않은 욕실에서 자연을 즐길 수 있으면 하는 생각을 했다. 어린 시절 대식구 속에서 자란 내게 독립된 공간은 늘 결핍으로 남아 있었다.

　육아에 지친 엄마들에게 욕실은 곧 혼자만의 공간이자 휴식의 공간인 것이다. 그 안에서 잠시 용변만 해결하는 것이 아닌 한가하게 머무를 수 있다면 나에게 꿀 같은 휴식이 될 것 같았다. 남편과는 생각이 다를지 몰라도 내게 있어 '아홉칸집'의 욕실은 공간의 중심이었다. 여자이자 엄마인 나에게는 그랬다.

'아홉칸집'의 욕실은 빛과 바람을 끌어들여 내부를 쾌적하게 밝혀준다. 북한산 방향으로 창을 낸 덕에 욕조 안에서 계절의 변화를 바라보는 사치를 누린다. 봄의 신록과 달콤한 바람, 여름의 꽉 찬 푸르름과 빗방울, 가을의 화려한 단풍과 겨울의 운치 있는 눈까지. 멍하니 창밖의 자연을 바라보다 익숙해질 때면 그 시선이 내면으로 옮겨오는 걸 느낀다. 육체가 이완되면 정신이나 감각은 살아나 진취적이고 선한 생각을 할 수 있다. 길고 힘든 하루 후 욕조에 몸을 담그면 스트레스가 풀리고 마음이 순해지면서 몇 년쯤 수명이 늘 것 같은 생각이 든다.

이런 시간은 정신 건강에 이롭다. 한가하게 전망을 바라보고 있을 때, 일상의 기쁨을 느끼게 되고 욕심이 적어지면서 주변을 더 찬찬히 살필 수 있게 된다. 그렇게 지금 내가 사는 공간에 애정이 견고해지고 사람과의 관계, 자연과의 관계의 지평도 넓어진다

얼굴빛과 정서에 좋은 간접 조명

　실내 공간에서 조명의 역할은 인공적인 빛의 조합을 통해 최적의 환경을 만드는 것이라 할 수 있다. 공간에 적절한 조명 기기의 종류와 광원의 색, 그리고 디자인에 따라 부합되는 목적과 다양한 분위기를 연출할 수 있다. '아홉칸집'의 조명은 줄을 이용해 천장에서 내려뜨리는 펜던트 조명 2개 정도 제외한 천장 공간이나 계단 아래 숨긴 간접 조명으로 빛을 얻는다. '간접 조명'은 빛이 노출되는 광원을 숨겨 반사되도록 일컫는데 빛이 직접 노출되지 않아 강한 눈부심이나 그림자의 방해 요소가 최소화되고, 은은한 분위기와 세련된 느낌을 줄 수 있다. '아홉칸집'의 벽과 천장이 만나는 곳에 간접 조명을 설치해서 목구조의 미를 살리고 편안한 무드를 만들었다.

　스물아홉 정도였던 걸로 기억하는 어느 한 시절에 인도

여행을 떠난 적이 있었다. 삶의 방향을 계획했던 일에 차질이 생긴 어느 날 무엇이든 자극이 필요해서 떠난 여행이었다. 현지 가이드가 있고 인도를 사랑하는 사람들, 뭐 이런 식의 카페에서 7, 8명이 모여 함께하는 여행이었다. 인도의 땅은 척박하고 무질서가 가득한 낯설고 불편한 곳이었다. 구걸하는 아이들의 눈빛과 헐벗은 사람들의 모습이 많은 생각이 들게 했다. 그 모습을 평가하는 나의 시선이 설익은 우월감이라는 자각을 하고 여행자 신분으로 잘 보고 잘 듣고 가면 된다는 합의가 이루어졌다. 소란스럽고 긴장되는 도시의 여행을 며칠 보낸 후, 어느 날 이른 아침, 육중한 트럭에 몸과 짐을 가득 싣고 거침없이 길을 4, 5시간 달려 어느 지역에 다다랐다. 드넓은 호수의 마을이었다. 호수는 광활한 사막처럼 막막하고 고요했다. 호수의 지름이 27km 정도라고 한다. 점심을 간단히 해결하고 호수에 띄워진 배 위 쿠션에 몸을 푹 파묻고 반쯤 누웠다. 부드러운 햇살과 달큰한 바람, 잔잔한 물결이 마음에 풍요를 주었다. 미래에 대한 불확실성을 감당할 수 있을 것 같은 용기가 생기고 새로운 나를 창조할 수 있을 거란 희망이 움텄다. 그야말로 호수 위에서 유유자적 시간을 보내고 있으면 먹을거리를 파는 배, 갖가지 생활용품을 파는 배, 또 그 마을이 캐시미어가 유명해

숄이나 스카프를 파는 배가 왔다 가기도 했다. 그 상인들 모두 체형과 차림새는 비루하지만 목소리는 생생하고 눈동자는 새까맣게 빛나고 있었다.

어느덧 해가 질 때쯤 수상 가옥에 사는 주민 집에 방문할 기회가 있었다. 들어선 순간 어두웠지만 무심히 곳곳에 놓인 조명과 스탠드가 어느새 포근한 분위기를 만들어 주었다. 주인아저씨는 많은 머리숱에 흰머리가 적당히 섞여 있었고 연륜이 느껴지는 주름과 턱수염 속에서 미소를 잃지 않고 우리를 편안하게 맞아주셨다. 특유의 향신료가 들어간 카레와 과일을 먹으며 여행자 7명이 그곳에 둘러앉았다. 여행 중 처음으로 서로의 사연을 자연스럽게 말하게 되었다. 얼마 전 아내를 잃고 여행을 온 사람, 결혼을 앞두고 혼자 여행 온 사람, 심한 가족 갈등으로 힘겨워하는 사람, 실연을 한 사람, 나처럼 미래에 대한 막연한 두려움을 가진 사람 등. 우리는 부드러운 조명 아래서 서로의 이야기를 놓치지 않으려 마음의 자세를 정비하고 있었다. 그런 가운데 가이드와 영어를 잘 구사하는 일행이 주인아저씨에게 적절하게 통역을 하기도 했다. 이야기를 듣고 반응하는 아저씨의 표정과 태도는 참 멋있었다. 그는 사랑할 줄 알고 슬픔 앞에 눈물 흘릴 줄 알고 분노할 줄 알고 삶 속에 있는 신비로운 것들을 발견할 줄 아는 진짜 사람 같았다. 이야기는 계속되었고 우리의 시선은 자신에게 머물지 않고 더 필요한 곳에 가 닿고 있었다.

난 지금도 그날의 저녁을 잊지 못한다. 내 인생의 깊은 한 장면으로 남아 있다. 그래서 내가 '아홉칸집'을 지을 때 꼭 부탁했던 요소가 간접 조명이었다. 일상은 즉흥적인 일의 연속이자 충돌과 갈등이 빈번하다. 같은 사안으로 갈등이 일어나도 아파트 형광등 아래에서는 훨씬 날 선 감정으로 서로를 대하였고 화난 감정의 길이도 쉽게 끝나지 않았다. 이곳 간접 조명이 가득한 '아홉칸집'에서는 그 감정이 오래가지 않는다. 조명 아래에서 보면 미웠던 얼굴도 좀 덜 미워 보이고 소용돌이치던 감정도 쉽게 누그러졌다. 그렇게 감정의 이동이 이루어지면 그 자리에 긍정의 마음이 차지한다. 얼굴빛은 밝아지고 정서는 안정되면서 오늘의 무사함에 감사하고, 어제보다 내일의 내가 더 나은 사람이 되길 꿈꾸게 한다.

아이방이 아이의 성격을 결정할 수도

집이라는 공간은 가장 친밀한 가족이 살아가지만, 어른이나 아이나 자신만의 공간이 분명 필요하다. 또한 집은 가족이라는 공동체를 이루는 기본이 된다. 원하는 형태의 공동체를 만들기 위해선 각 구성원의 자유와 취향이 존중되어야 할 것이다. 그래서 지극히 사적인 공간이 요구된다. '아홉칸집'으로 이사 올 때 아이들에게 '잠자리 분리'를 한다고 약속을 받아놓았던 터였다. 그 시작으로 아이들 방을 설계할 때 아늑하고 재미있는 요소를 반영하기 위해 다양한 상상을 했었더랬다. 참 좋았다. 상상만으로도 이렇게 신나는데 실제로 자기만의 비밀기지 같은 곳이 있다면 좀 더 풍요로운 시간을 보낼 수 있을 거란 기대에 욕구가 넘실거렸다.

아이방은 정사각형이고 벽이 높다. 그 위에 피라미드 4분의 1조각을 얹은 것처럼 2개의 경사진 천장이 있다. 경사진 천장과 만나는 경사진 벽에는 하늘이 보이는 큰 삼각형의 유리창이 있다. 침대에 누워 하늘의 달과 별이 보이는, 동화책에 자주 등장했던 그런 고창이 있다. 어느 시점부턴가 달의 모양을 관찰하고 관심을 가지면서 부드럽고 은은한 달빛에 아름다움을 느끼는 걸 좋아했다. 초승달, 상현달, 보름달, 하현달을 지나 다시 가장 어두운 그믐달 단계로 접어들 때는 아쉬운 마음을 전하기도 하면서.

한번 놀 때 에너지 넘치게 노는 사내아이지만 자주 침대에 누워 바람을 맞으며 하늘의 풍경을 즐기고 있다. 그곳에서 종이, 나무, 밴드를 이용해 정체불명의 것들을 만들고 미야자키 하야오에게 편지를 쓰기도 하고, 〈깨끗한 지구〉라는 제목으로 그림을 그려 전시해 놓고선 식구들에게 표를 팔기도 했다. 침대에 눕거나 앉아서 위를 바라보면 하늘, 구름, 햇살, 어둠, 그리고 달과 별. 가을이면 가끔 높은 곳까지 찾아오는 잠자리와 창에 오랫동안 머물러 있는 벌레들, 장마 동안의 빗방울과 한겨울의 함박눈까지. 한곳에서 이렇게 자연의 다채로움을 경험하는 아이들이 얼마나 될까? 나도 함께 누워 손열음의 연주를 듣노라면 매우 감사하고 황홀하다. 그러다 갑자기 아이에게 엄청난 생색과 부담을 안겨준다. 엄마, 아빠가 성실히 일해서 마련한 집이라고, 맘껏 뛰고 놀아도 되는 이 집과 멋진 방을 누리는 것은 행운이어서, 그런 운 좋은 사람들은 훨씬 더 공부를 열심히 해야 하는 거라고! 그리고 며칠 뒤 아이방 앞에서 딱 하고 마주한 것.

"누구든, 꼭 노크하세요!"

"달은 인간의 충실한 동반자다. 결코 우리를 떠나지 않
는다. 항상 그곳에서, 지켜보고, 변함없으며, 우리의 밝고
어두운 순간과 함께한다."

—태혜레 마피Tahereh Mafi

목수의 핸드메이드 계단

　이른 아침은 어둡고 고요하다. 날이 밝기 전 하루를 시작한다면 하루 일상을 더욱 가볍게 맞이할 수 있다. 종종 작정하고 일찍 일어날 때가 있는데 그날도 그랬다. 따뜻하고 달콤한 커피로 정신을 활성화 모드로 변경하고 '아홉칸집'의 건축 현장으로 걸음을 옮겼다. 그때 살고 있던 아파트에서 그리 멀지 않은 곳이라 차분히 호흡하고 걸어갔다.

　여름이 시작되는 계절이라 걸어오는 동안 어둠은 흩어지고 현장엔 선명한 빛이 들어오고 있었다. 척박한 땅 위에 꿈꾸던 건축의 실체가 하나씩 확인되어 가는 과정에서 감격스러워서 울컥했다. 집을 짓는 동안 각 공정에 참여해 최선을 다하는 이들을 만나는 것 또한 묵직한 울림이 있었다.

　언젠가 현장을 방문했을 때 목수들이 장비 주머니를 차

고 성실히 나무를 재단하는 모습을 보게 되었다. '아홉칸집'의 계단이 되어 줄 자재들이었다. 너비 3.7cm의 날씬한 나무들이 계단이 만들어질 공간 앞에 쌓였다가 어느새 착착 계단이 되어가고 있었다. 흔히 건축물의 계단은 발을 딛고 서는 한 칸이 넓거나 좁은 판재로 이루어져 있다. 그러나 이 계단은 3.7cm의 간격이 하나씩 연결되어 하나의 판이 된다. 목수가 한땀 한땀 손으로 길이를 조절하고 키를 맞추며 착실히 계단의 모습을 만들어 가고 있었다.

날렵하게 생긴 나무가 목수의 손을 통과하여 순응하고 있었다. 나무를 다듬을 때부터 온기를 넣고 오랫동안 나무를 쓰다듬어 온 세월만큼 목수의 손에 이끌려 나무가 쇠못을 받아들이고 있는 듯했다. 예전에 나무로 작업하는 작가의 전시를 보러 갔을 때 인상적이고 감동적인 얘기를 들은 일이 떠올랐다. 작품을 만들기 전 목재를 함부로 다룬다거나 돌보지 않으면 조각하실 때 목재가 칼을 뱉어낸다고 했다. 그때부터 나무를 건조하고 다듬는 과정에 공을 들이고 품 안에 끌어안고 자주 온기를 주고 교류했다고 한다.

몸을 쓸 때마다 도드라지는 근육들, 미세한 떨림과 표정,

집중할 때의 긴장된 어깨, 작업 사이 허리를 펼쳐 육체를 쉬게 하는 모든 순간이 예술 행위 같았다. 어떤 직업이든 그렇다. 반복적으로 몸을 쓰게 되면 어느새 자기 몸을 성찰하게 된다. 몸을 알게 된다는 것이 곧 몸으로 요령을 만들어 내는 힘을 뺀 자연스러움이 생긴다는 것이다. 지난 세월 목수가 쌓아 올린 시간의 기능이 그의 손끝에서 응축되고 통합되어 작품을 만들어 내고 있었다.

그렇게 집으로 돌아왔는데 계단 이야기를 들은 아이들이 보고 싶다고 하여 오후에 시원한 아이스크림과 수박을 들고 현장을 다시 들렀다. 아이들은 벽에 매달려 있는 계단을 신기하다는 듯 쳐다봤다. 그리고 아이스크림을 든 손을 목수들에게 수줍게 내밀었다.

집으로 돌아갈 때 큰아이가 "엄마, 어떤 직업이 좋은 거야?" 하고 물었다. 뭐라 답할까 잠시 고민하는 사이에, "사람에게 즐거움과 도움이 되는 직업이면 되는 거 아니야?"라고 아이가 선수를 쳤다.

나는 "그래, 그러네" 하고 웃어주었다. 아이도 따라 웃었다.

여름의 진관사는 푸른 북한산의 기운과 신비하게 뻗은 소나무 숲에서 더욱 깊어져 있고 새소리 풀 소리, 벌레 소리까지 하모니를 이루고 있었다. 자연의 풍요로움과 혜택을 누리고 목수의 노동을 관찰한 아이들이 인생의 시간을 허투루 쓰지 않을 거란 믿음이 생겼다.

쓸모있는 테라스

남편은 말수가 적다. 늘 비슷한 온도를 가지고 있어서 좋은 거 싫은 거에 큰 반응을 보이지 않는다. 호불호가 유별난 나랑은 참 다르다. 우리는 소개팅으로 만나 신속히 결혼했다. 서로가 첫눈에 반했다거나 운명적으로 이끌렸다거나, 뭐 이런 것은 아니었고 나이가 결혼 적령기의 숫자를 꽉 채운 시기이고 각자 소개해 주신 분들에 대한 믿음으로 자연스럽게 결혼으로 이어진 것이다. 생각해 보면 내가 남자를 선택하는 조건에 지적이고 점잖은(말이 많지 않은) 인품은 필수사항이었다.

석 달 반 만에 가정을 이루고 함께 살아가는 이 남자는 말수가 적어도 너무 적었다. 언제나 내가 기대하는 피드백을 충족한 적 없었다. 이런 상황이 낯설었고 심통이 나서 투덜거리고 화도 내보았지만 남편은 예민해진 나에게 말실수

할까 두려워 더 말을 아끼는 듯했다. 난 진이 빠졌고 그러다 이런 거에 의존하는 내가 못마땅해졌다. 내가 '타인이 요구한다고 해서 쉽게 취향이나 기질을 바꿀 수 없는 것처럼 그도 당연히 그렇겠지'라며 이해하고 타협했다. 내가 편하고 싶어서.

'아홉칸집'에는 층마다 테라스가 있다. 1층의 식당 식탁 옆에 창호를 열면 거실 바닥과 높이가 같은 외부 테라스가 펼쳐진다. 거실과 식탁이 있는 주방의 공간이 그만큼 확장된다. 화분에 심은 소나무와 그 뒤에 북한산 소나무가 조화를 이루어 풍성한 모습을 보여준다. 집을 지을 때 자연 공간과 외부 공간의 관계성을 어떻게 설정하느냐는 중요한 사안이다.

'아홉칸집'에서는 봄, 여름, 가을의 다양한 강도의 햇빛으로 빨래를 건조한다. 2층 테라스엔 수건과 아이들의 옷이 자주 널려 있다. 빨래를 널고 걷고 하면서 지나가는 이웃과 인사도 나누고 그곳에서 내려다 보는 마당의 모양과 느낌은 색다른 재미를 준다. 햇살에 잘 말려진 빨래엔 바람의 달콤한 냄새가 배 있는 듯하여 마음의 환기가 일어난다.

이사하고 일주일 정도는 층마다 정리한다고 기운을 뺐다. 다락에 계절과 맞지 않는 옷과 가끔 사용하는 물건의 자리를 정하다 지쳐버렸다. 10월의 바람을 느끼고 싶어 옥상 테라스에 나가 물끄러미 앉아 있었다. 높은 하늘과 평온한 구름의 모습은 예술이었고 아파트에서 해방된 사실이 불현 듯 너무 기뻤고 신선한 공기는 참 감사했다. 어느새 남편이 커피를 들고 옆에 와 있었다. 대학에서 건축 공부를 하고 동아리 활동하며 선후배랑 우정을 나눈 이야기를 생생하게 들려줬다. 남편은 그때로 돌아간 듯한 표정으로 밤을 새워 가며 협력했던 작업과 연대의 기억을 고스란히 꺼내 놓았다. 그러다 졸업 후 대형 설계 사무소에서 큰 건축물 설계만 7년 가까이 하다 보니 건축물이 완성되는 과정 동안 끈끈한 소통이 안 되어 지쳤다고 했다. 딱 그 시점에 아는 선배가 목조 사업을 시작하는데 도움을 줄 수 있냐고 부탁한 것이 지금껏 목조건축으로 이어진 거라고.

　　나는 "사랑은 말이 아니라 행동이다"라는 사실을 떠올렸다. 사랑의 무수한 정의 중에 내가 생각하는 사랑이란, 의미를 같이 창조하는 일이다. 가장 의미 있는 노력에서 서로를 지지하고, 협력하며, 공동의 목표를 함께 나아감으로써 서로를 사랑하는 것이다. 그런 일상은 하루하루를 더 신뢰하게 만든다. 남편은 적절한 피드백으로 나를 즐겁게 하진 않았지만 이런 공간을 내게 마련해 주었다. 테라스에 앉아 나는 나를 돌아보게 되었다. 조급하고 분주하고 좁은 곳에 갇혀 살았었다. 테라스에 멍하니 있어 보니 기분이 좋고 몸이 편하니 마음에도 쉼이 찾아왔다. 일상의 관성을 멈추고 일부러라도 비우고 쉬는 여유와 방법을 찾겠다고 다짐하며 나를 다독였다.

어느덧 저녁 노을이 섬세하게, 마치 함박눈처럼 소리 없이 가까이 와 있었다.

수水공간

잠에서 깨 1층으로 내려와 가장 먼저 하는 일은 창문을 모두 여는 일이다. 오늘 햇살의 양과 바람의 촉감을 느끼며 아침을 맞이하는 일은 황홀하다. 마당에 단풍나무의 색과 이끼의 풍성함 정도를 눈으로 확인하고 바람의 활동을 감각하며 계절의 섭리를 배운다.

지난밤 걱정거리로 수면이 불편했거나 예민하게 처리해야 할 일이 있는 날에도, 그 순간만은 아침 풍경에 몰입한다. 우리가 가질 수 있는 유일한 인생은 '지금 이 순간'이고 하루를 여는 시간의 5, 10분 정도의 명상이나 호흡 또는 자기 응시가 하루의 나머지 시간을 지배한다는 어느 학자의 말에 기대어 창가 앞에서 멜랑콜리로 가득 채운다. 잠시라도.

'아홉칸집'에 입주한 시기는 이른 가을이었다. 집 안 정리가 마무리되지 않아 어수선한 상태였지만 주위에서도 나도 단독 주택 입성이라는 이벤트로 들떠 있던 터라 자주 지인들이 들락거렸다. (그땐 코로나 전이라) 아이 친구들도 자주 방문하였는데 우리 큰아이가 친구들에게 가장 먼저 보여주는 곳은 큰 창문을 열면 보이는 수공간, 바로 연못이었다. 거실 마루에서 연결된 위치에 수공간이 있어 실내에서 바로 그곳으로 통하였다. 아이는 그곳을 수영장이라 소개하며 즐거워했다. 누군가가 누군가에게 좋아하고 자랑스러운 무엇을 보여주고 싶어 할 때 표정과 눈빛은 참으로 선하다. 실은 그곳에 물은 채워져 있지만 연꽃이나 다른 식물은 없었기에 수영장이라 믿고 싶었을 테고 그것을 확인한 친구 아이들은 냉큼 바지를 걷어붙이고 물속으로 직진하였다.

수공간의 설계는 마당 일부에 물을 가지는 전통 건축에서 출발한다. 전통 건축 가운데 도산 서당과 소쇄원, 그리고 안압지의 월지에 물의 공간을 배치하였다. 물은 공간의 그림이 되어 서당과 정자, 궁궐이 있는 인공의 건축물과 면하여 외부(마당)의 풍경을 이룬다. 물론 특수한 형편과 조건을 따랐을 것이고, 의미와 상징을 반영한 배치일 것이다. 도산 서당의 연지는 연꽃을 담고, 소쇄원의 계류는 바람을 태우고, 월지의 수면은 달을 품는다. 건축에서 방과 처마, 마당이 공간의 필연적인 유형을 이루듯이 말이다.

이렇듯 도미이 교수님은 꼭 수공간을 원하셨다. 교수님은 가정생활을 위한 공간을 설계할 때 대지의 어디에 건물을 놓을 것인가, 주택과 마당 사이에는 어떤 풍경을 만들어낼 것인가 고민하셨고, 거실에서 외부로 향하는 다양한 시선 등이 일상을 건강하게 채운다고 하셨다.

내부에서 바라보는 잔잔한 물결은 마음의 휴식을 주고 늦은 오후 종종 아이들과 거실 끝에 앉아 발을 담그기도 했다. 그 순간 햇빛이 물에 반사되어 천장에 일렁거리는 살아 있는 그림을 보여줄 때면 그대로 거실 바닥에 누워 멍하니 감상했다. 특히 비 오는 날의 수공간은 참 좋다. 뚜두두둑 연못에 그대로 떨어지는 강렬한 소리는 세상이 온통 소리로만 가득 찬 것 같은 신비함을 준다.

가을의 기척이 느껴진다. 아침에 창을 열었더니 새가 연못의 물을 마시고 날갯짓을 퍼드덕하며 날아간다. 새가 보이지 않을 때까지 쳐다보았다. 나 때문에 물을 못 마신

건 아닌지 걱정도 되면서 묘한 기분이 들었다. 하늘은 높고 투명했다. 희미하게 아침 공기에 차가움이 배 있었다. 태양의 빛 그리고 물의 은총으로 인간이 살고 있다는 깨달음이 왔다.

편백 욕조 대신 편백 마감으로

큰아이 첫돌이 지난 그해 여름, 남편이 목조건축협회에서 세미나로 제주도를 갈 예정이라고 했다. 관광과 제주 숲의 나무 관찰로 이루어진 세미나라 좀 힘들겠지만 동행하겠냐고 물어보길래 냉큼 그러겠다 하고 비행기를 탔다. 그땐 어디든 가고 싶었고 울고 보채는 아이 때문에 다른 이에게 불편을 줄 수 있다는 걸 염려했지만 잠시 미안해하자는 뻔뻔함이 발동했다. 제주도에 내려 천지연 폭포를 먼저 보러 갔다. 관광버스에서 내려 폭포 앞까지 아이를 등에 업고 뒤처지지 않으려고 일행 속에 걸음을 맞추었다. 아이는 엄마 등에 붙어 별 탈 없이 있어 주었고 난 조금 긴장했지만 나름 제주 나들이를 즐기고 있었다.

그다음으로 간 곳이 편백숲이었다. 숲은 사계절 언제나 좋지만 여름의 숲은 더 강렬했다. 나무는 여름의 기운이 절정에 다다라 짙고 다양한 초록의 향연이 펼쳐져 있었고 숲에 사는 모든 생명은 왕성한 생명력으로 번식하며 자유를 누리는 듯했다. 마음이 편안해졌고 마주치는 사람들의 시선도 호의적이었다. 걷는 곳마다 신선한 기운이 나를 따라주었고 빽곡하고 울창한 편백이 뜨거운 태양을 가리고 간간이 부는 바람이 여름 숲을 평화롭게 만들고 있었다. 어느새 아이도 깊은 잠에 빠져들었다.

여유로움에 취해 숲길에 앉아 나무 향을 맡았다. '아! 이게 바로 피톤치드 향이구나.' 알아차릴 수 있었다. '피톤치드'는 미국의 세균학자 왁스만S. A. Waksman이 명명한 것으로 피톤Phyton은 '식물'을 뜻하는 그리스어이며 치드Cide는 '죽이다'를 의미하는 라틴어이다. 피톤치드는 식물이 병원균, 해충, 곰팡이 따위에 저항하려고 분비하는 물질인데 이것이 살균 작용의 효과도 있다.

피톤치드를 마시면 스트레스 해소에 도움이 되고 장과 심폐 기능도 강화되고 살균 작용으로 아토피성 피부 개선 효과도 탁월하다고 한다. 이렇듯 편백 숲이 치유의 장소로 알려지면서 각종 증상이 있는 사람들이 희망을 품고 찾아오나 보다.

'아홉칸집' 욕실을 설계할 때 편백 욕조를 욕심냈었다. 맨몸을 담글 때 흔히 사용하는 아크릴 욕조보다 나무에 닿는 촉감을 기대해서 요구했었다. 그러나 나의 요구는 실현되지 않았다. 편백 욕조 대신 편백이 가득한 욕실로 설득당했다. 목욕 후 욕조를 완전히 건조하지 않고 물을 머금고 있는 목재는 곰팡이가 생기거나 색상이 시커멓게 변하기 쉬워 관리가 까다롭다는 이유였다. 대신 조습작용과 향기가 있고 나뭇결이 느껴지는 편백으로 천장과 벽을 마감했다.

남편에게 욕실의 개념은 단순히 생리적 용변을 해결하는 곳이 아닌 밝고 넓고 쾌적해서 오랜 시간 보내도 어색하거나 불편하지 않아야 한다고 했다. '아홉칸집'의 욕실에는 큰 창이 있고 욕조와 샤워부스를 분리해 두어 샤워부스 외에는 언제나 건조되어 있다. 그리고 크거나 보다 작거나 하는 사각형 타일의 차가운 욕실이 아닌 부드럽고 단정하게 나열된 나무가 온화한 느낌을 준다.

일본 열도에는 편백 향이 수천 리에 머문다고 한다. 편백을 다루는 일본의 궁궐 목수는 각각 나무의 성깔을 꿰뚫어 보고 그것에 맞게 사용하지 않으면 안 된다고, 그렇게 해야 천년을 살아온 편백으로 천 년 이상 가는 건축물을 지을 수 있고 그것을 호류지(일본 나라현에 있는 현존하는 일본 최고最古의 목조건축물)가 훌륭하게 증명해 보인다고 했다. 호류지를 수리할 때 대패질하니 1300년 묵은 기둥에서 편백 향이 그대로 남아 있더라는 이야기도 전했다.

이 글을 보고 너무나 신비하고 감격스러웠다. 훗날 '아홉 칸집'을 다른 누군가가 살더라도 편백 향기를 누릴 수 있을 거란 사실에 마음이 놓였다.

마음의 빛깔(남편의 시선2)

우리 집을 지을 때 신경을 썼던 것 중 하나가 조명색이다. 집안 곳곳을 비추는 조명은 거의 다 전구색을 썼다. 나는 마음의 빛깔이 무어냐고 물으면 태양빛에 가까운 전구색을 가리킨다. 은근하고 부드러운 빛은 마음을 이완시키고 몸에 휴식을 주기 때문이다. 우리나라는 어디를 가도 푸른 빛이 감도는 흰색의 주광색에 익숙한데, 원래 주광색을 써야 할 공간은 실수 없이 일을 처리해야 할 사무 공간, 생산 업무 공간이다.

주광색은 전구색과 달리 드러내는 빛이다. 눈부심이 있는 흰색의 주광색은 작업자를 긴장하게 하여 작은 실수 하나도 선명하게 비춘다. 의식은 긴장한다. 온종일 일하고 집으로 들어서면 집이 대낮같이 환하다. 사람에게 밤은 휴식이며 이완이다. 세계는 절반의 낮과 절반의 밤으로 이루어져 있지만, 도심도 집안도 낮과 다름없는 대낮이 지속이 되니 현대인들이 각종 스트레스와 우울함에 시달리는 게 이상하지 않다.

조명색은 정서를 결정하는 무늬 같은 것이다. 전구색 아래에서는 어떤 이는 사랑을 고백하고, 어떤 이는 용서하기도 하며, 다정한 인사가 오가고, 차분히 앉아 책을 읽기도 하고, 글을 쓰기도 하며 자기 삶을 관조하고 수긍하는 미덕을 갖는다. 코로나로 발목이 잡혔던 지난 3년간 전구색 불빛이 있어서 필요 이상으로 긴장하지 않고, 필요 이상으로 서로에게 예민해지지 않고, 필요 이상으로 낙담하지 않으며 조화로움을 지켜낼 수 있었다고 생각한다.

밖으로부터 안이 차단된 3년이었지만, 내 일상의 감각은 더 풍요로워진 느낌이다.

조명색 하나만 바꿔도 삶의 빛깔이 당장 달라질 수 있다.

조리대와 싱크대를 일렬로 배열하기

적당히 나른한 오후 시간이었다. 딩동 하며 벨 소리가 울렸다. 눈꺼풀을 몇 번 껌뻑이고 나가보니 옆집 후배가 부추전을 부쳤다며 온기가 눈으로도 느껴지고 고소한 기름 냄새가 나는 접시를 코앞에 들이 내밀었다. 텃밭에 조금 길러 봤는데 이렇게 잘 자라 주었다며 미소가 한 아름이었다. 냉큼 받아 들고는 집에 있는 것들로 같이 저녁을 해서 먹자고 제안했고 가까이 있는 이웃 한 명을 더 불러들였다.

처음 이사 왔을 때 이렇듯 스스럼없이 집에 초대해서 함께 식사를 했다. 이곳의 손님 초대는 잡동사니를 보이지 않는 곳에 감추고 윤이 나는 식기 세트를 준비하고, 육즙이 흐르는 스테이크나 꼭 그럴싸한 음식을 차려내지 않아도 된다. 집에서 여는 모임은 함께 음식을 준비하고 조금은 너저분한 일상을 보여주는 친밀한 행위이다. 만남의 핵심은 일상을 나누고 즐겁게 따뜻한 한 끼를 함께하는 자체에 있으니까.

어린 시절 우리 집은 동네 방앗간 같은 곳이었다. 골목 한복판에 있고 특별한 대문은 없이 거의 현관 하나로 출입이 자유로웠다. 엄마는 동네 반장을 아주 오래 맡았고 가진건 없어도 인심은 넉넉한 분이었다. 하교해서 오면 늘 동네분들이 커피나 국수를 먹고 계셨는데, 어느 날 저녁 동네 이웃들이 돌아가시고 엄마는 알 수 없는 혼잣말로 "눈에 밟히네"라고 되뇌이셨다.

이유인즉 얼마 전 남편의 갑작스러운 사고로 생활고에 시달리시던 한 아줌마가 한동안 보이지 않다가 그날 오후에 집 앞에서 머뭇거리는 게 보여서 문을 열고 나갔더니 "형님, 손님이 계시네요" 하며 황급히 돌아가셨다는 거다. 엄마는 그날 저녁 내내 슬픈 얼굴을 하고 계셨다. 눈에 밟힌다는 말을 몇 번이고 반복하시면서.

살다가 보면 하얀 눈에 발자국이 찍히듯이 동공에 선명한 자국을 남기는 삶의 장면들이 있다. 이런 장면은 남과 나 사이에 어떤 인간적인 공감이 얽히고설킬 때 일어나는 일이다. 남의 인생이 느끼는 고통이 내 피부에 와 닿는 그런 감정의 전이를 엄마는 자주 느꼈다. 남의 아픔을 자신의 아픔처럼 느낀 탓에 우리 집에는 국수와 커피가 떨어지는 날이 없었다.

그래서일까. 주방을 설계할 때 나는 나눔의 의미를 생각했다. 주방은 나누는 곳이라고. 함께 행복해지는 공간이라고 말이다. 아일랜드 조리대랑 싱크대를 일렬로 배치하고 뒤쪽은 벽면에 냉장고와 수납공간을 빌트인하는 방식으로 해서 공간이 평면적이면서 시야가 확 탁 트이게끔 설계했다. 이런 배치는 여럿이서 요리나 설거지하기에 수월하다. 즉흥적으로 여럿이 모이더라도 함께 요리하고 나눌 수 있는 공간을 만들었다. 우리 엄마가 그랬던 것처럼.

"우리가 가진 유일한 인생은 일상이다."

카프카의 말처럼 따뜻한 음식을 나누고 다정한 얼굴로 힘든 일을 위로하고 용기를 내고 타협을 하면서 그렇게 다채로운 일상을 보내는 것이다. 이렇듯 타인과 공간을 공유하고 함께 음식을 나눌 수 있다는 것만으로 삶은 더욱 아름다워지는 게 아닌가 싶다.

'아홉칸집'의 문과 창호

　우리나라의 건축은 집터에 채라고 부르는 안채, 사랑채, 행랑채와 같은 독립된 건물을 짓고 주위에 담장이나 울타리를 둘러 집의 경계를 구획한다. 그리고 각각 채는 다시 많은 문과 창호로 공간을 나누어 칸을 만든다. '아홉칸집'은 이렇게 평면적으로 늘어져 있을 여러 채를 하나의 건물에 수직으로 쌓아 올린 주택이다. 그리고 수직으로 층층이 쌓인 채들은 나무 기둥으로 분리하고 문과 창으로 칸을 구현하였다. 즉 하나의 건물에 네 채가 얹혀져 있고 각각의 층은 네 개의 기둥이 만드는 사각 공간을 기본 단위로 하여 아홉 칸으로 나누어지는 것이다. 보통 한옥은 7척(210cm)에서 8척(240cm)이 한 칸을 이루는 경우가 가장 많은데 그 이유는 적절한 목재 크기 수급에 따른 것이라 하며 '아홉칸집'은 10척(300cm)의 크기로 지어졌다. 또한 한 층이 아홉 칸이니 네 개 층으로 쌓인 이 집을 수직에서 수평으로 평면으로, 펼친다면 서른여섯 칸이 된다.

'아홉칸집'은 한 채의 집으로 지어졌기 때문에 대문은 하나이다. 외부에서 내부로 들어오는 주 출입구는 여닫이 홑문이지만 건물의 1층 두 모서리에는 유리 미세기문과 나무와 한지로 된 미닫이문이 이중으로 되어 있다. 여닫이문은 안팎으로 밀어서 여닫는 문이고 미세기문은 문 한 짝을 밀어 다른 한 짝 옆에 붙여 여닫는 문이며 미닫이문은 창이나 문을 벽체 속으로 밀어 넣는 방식을 말한다. 유리 미세기문은 집 전체를 둘러싸고 있는 뜰과 뒤란을 자유롭게 드나들며 공간의 외벽 역할을 하고, 나무 미닫이문은 한옥의 창처럼 빛에 따른 시간의 흐름과 공기를 순환할 수 있게 한다. 다시 말해 유리 미세기문은 집의 구조 역할을 하고 나무 미닫이문은 커튼이나 블라인드가 하는 차폐의 기능도 동시에 한다.

한옥의 창은 시간성을 가진다고 한다. 우리나라뿐 아니라 중국과 일본도 창에 살대를 덧대고 그 위에 창호지를 바르는데, 중국과 일본은 살대 밖에 즉 외부에 창호를 바르고, 한국은 공간 내부에 창호지를 바르고 외부에 살대를 드러낸다. 이에 따라 외부 입면으로 보면 한옥은 선적이고 내부로는 면적인 구성을 이루며 외부에 노출된 이 살대들이 마치 막대 시계처럼 그림자 두께에 따라 시간의 흐름을 알게 해 주는 것이 그 이유이다.

'아홉칸집'의 나무 창호도 한자 용用자를 무늬화한 용자用字 창에 종이를 덧대었다. 부드러운 바람이 부는 날에는 유리 미세기문과 한지창을 열어 안으로 바람이 들어오게 하고 빛을 받아들인다. 문과 창호에는 그것들을 구조적으로 지탱해 주는 틀이 필요한데 '아홉칸집'의 한지창은 바닥 면의 문지방이 없다. 문틀은 기능적인 역할도 하지만 그 높이에 따라 공간의 위계를 만들기도 한다. 요즘은 휠체어나 보행기 같은 이동 보조기 사용을 위해 문턱을 없애기도 한다. '아홉칸집'의 문턱이 없는 문들은 문과 창호를 열었을 때 공간을 하나의 평면이 되게 하고 각 공간에 접근을 평등하게 만들기도 한다. 이는 한옥의 미닫이문과 들창과 같은 다양한 창호들이 시간과 사용하고자 하는 용도에 따라 열리고 닫히는 공간을 만드는 것과 같다.

1층이 공용 공간으로 거실과 주방, 사랑방으로 구성되었다면 2층은 '아홉칸집'에 사는 사람들의 사적인 방으로 설게되었다. 부부의 안방과 욕실이 각각 한 칸, 아이들의 방도 각각 한 칸씩이다. 아이들 공간은 현재 한 칸은 방으로 다른 한 칸은 작은 거실로 사용하고 있다. 시간이 지나 아이들이 자라면 기둥 사이에 벽과 창호를 이용하여 거실을 새로운 방으로 만들 수 있다.

'아홉칸집'에는 문이 많지만 그중에서도 특이한 문이 하나 있다. 3층 다락으로 오르는 계단의 중문은 울거미에 살대가 있는 세 짝 미닫이문이다. 문이라고는 하지만 살대 사이사이의 틈으로 빛과 공기가 흐르기에 살창과 같다. 나는 이 문을 만든 이유를 처음에는 이해할 수가 없었다. 다른 중문들처럼 단일한 판재로 만들면 될 것을 왜 굳이 살이 있는 창과 같은 문을 만들었을까. 이 문을 만드느라 추가된 노임에 건축비 생각에 스트레스를 받기도 했다. 그러던 어느 날 조용히 책을 읽으려고 다락에 올라갔다. 나만의 공간을 만들고자 중문을 닫았고, 두 개의 문을 서로 교차하여 살대 사이의 틈새를 막아 하나의 판재로 닫힌 공간을 만들었다. 그제야 나는 이 살대로 이루어진 문을 이해할 수 있었다. 문에 창의 기능을 덧대어 공용 공간의 역할과 은밀한 숨기를 가능하게 하는 공간을 만들어 낸다는 것을.

목조건축은 예민함을 줄여준다

영국의 작가 존 에블린은 "모든 물질문화는 나무가 없었다면 존재할 수 없었을 것이고, 나무가 없는 것보다는 황금이 없는 것이 더 나을 것이다"라며 세상을 통찰했다. 알파벳을 최초로 사용한 페니키아 문명의 터인 레바논의 국기에 초록 나무는 나무가 인류의 역사와 문명을 만들었다는 사실을 말해준다.

세상의 모든 역사와 기억 속에 나무가 있고 현존하는 유서 깊은 목조건축물도 다양하다. 사람들은 나무에서 쉼을 찾고 나무와 숲을 통하여 일상을 다독인다. 인생엔 사건도 많지만 평범한 일상이 가득하다. 별일 없는 습관과 반복 속에 이야기가 만들어지고 익살스러운 재미와 감동이 있다. 가족과 마주하는 식탁에서 갈등과 화해가 일어나고 좋지도 나쁘지도 않은 일에서 삶의 가치를 발견하기도 한다. 그런 일상의 연속이 인생이 된다.

어느 날, 어쩌면 막연하게 예정되어 있던 일이긴 했지만, 남편의 영향으로 목조주택을 짓게 되었고 나는 그렇게 목조 건축과 친해지게 되었다. 매일매일 살아가는 일상을 더욱 다채롭고 풍부하게 경험하고 싶었다. 예산보다 대출이 많아지고 다른 고민거리도 생겼지만 채워진 부분이 있으면 또 메꾸거나 비워둬야 하는 요소가 생기는 건 자연스러운 일이라 여겼다.

나는 대체로 밝고 긍정적이지만 기질적으로 예민함을 갖고 있다. TV 소리와 대화 소리를 함께 들을 수 없고, 시각적으로 원하는 배치가 되어 있지 않으면 계속 거슬리고 실내의 공기가 탁해지면 두통이 생긴다. 수면이 부족한 날은 종일 컨디션이 처졌다. 그럴 때마다 예민함을 드러내는 것이 주위 사람들에게 미안하기도 하고 무엇보다 나 자신이 못마땅하고 불편해 개선의 노력을 해보았지만 신통치 않았다. 그러면서 알게 되었다. 의지로 해결되는 것이 아니라는 것을.

그런데 신기하게도 '아홉칸집'에 살면서 여러 가지가 훨씬 편해졌다. '아홉칸집'은 중목구조로 목재가 노출되어 있다. 우리는 목재의 향기, 촉감, 시각이 스트레스 완화에 도움 된다는 걸 경험적으로 알고 있다. '아홉칸집' 현관에 들어서면 편백과 가문비나무의 향기가 오묘하게 섞여 호흡을 즐겁게 만들고 나무의 따뜻한 색은 난로의 불꽃 색깔과 비슷해 마음을 편안하게 한다. 마음을 온화하게 만드는 요소는 목재의 색상뿐만이 아니다. 나뭇결에도 우리의 눈을 통해 치료해 주는 효과가 있다고 한다.

내가 가장 예민했던 소리로부터 안정감도 찾았다. 이곳에 이사 오고 두 번째 해부터 코로나바이러스가 창궐해 아이들은 대부분 집에 머물렀다. 두 사내가 뛰어다니고 소리지르고 놀아도 크게 거슬리지 않았다. 목재는 사람에게 거슬리는 고음(고주파 성분)을 억누르고 낮은 주파수를 강하게 만들어 주는 효과가 있다. 이런 효과 덕분에 목재에 부딪히는 소리는 보다 부드러워지는 것이다. 17세기 악기 제작 장인인 스트라디바리Stradivari가 단풍나무로 바이올린과 첼로를 만들었다고 하니 좋은 목재가 훌륭한 소리를 만들 수 있을 것이다.

하루의 긴 시간을 집 안에서 머물게 되는 요즘, 일상의 흔적을 차곡차곡 편안하게 쌓을 수 있는 것은 주거의 환경이 달라져서이다. 의지로 개선되지 않던 예민함이 환경의 변화로 한결 부드럽고 편해졌다. 아이들이 한지 창호에 구멍을 내고 아끼는 식탁에 얼룩을 만들어도 눈을 질끈 감고 넘겨버릴 수 있다. '아홉칸집'은 세월과 함께 조화롭게 성장해 나갈 것이다. 나무 향은 여전할 것이고 율동감 있는 목재의 무늬는 색이 깊어질 것이고 나무 바닥은 긁히고 갈라지겠지. 그 사이에 우리의 추억과 이야기도 빼곡해질 것이다.

오래 있어도 지루하지 않은 공간

결혼 10년이 되던 어느 봄날, 쓸쓸한 감정이 확 들이닥쳤다. 본디부터 추위를 많이 타는 나는 추운 겨울을 잘 버티고 나서 찾아오는 봄기운에 늘 마음이 들뜨고 어디든 다니고 싶어 했다. 봄의 생명력과 온기를 느끼기 위해 최선을 다해 즐겼다. 생각해 보니 그런 제멋대로인 마음으로 봄을 느껴본 지가 10년이 지나 있었다. 힘이 센 육아의 현실이 그 시간을 채우고 있었다.

쓸쓸한 감정을 느끼며 일단 집을 나왔다. 합정에 특이한 카페가 있다는 언니의 이야기가 생각나서 그곳을 찾아갔다. 주택가 주변을 두리번거리다 낡은 공장 같은 건물이 눈에 들어왔다. 고장 난 듯한 크레인이 걸려 있고 외부는 허름해서 출입문을 열기 전까지 긴장감이 맴돌았다. 간판을 겨우 발견하고 문을 열었다. 열자마자 싱싱한 커피 향과 분위기에 잠시 멈춰 섰다. 예전 신발 공장의 설비가 그대로 남아 있었다. 고무 컨베이어 벨트 위에 커피잔이 놓여 있고 작업대로 사용한 철판이 테이블이 되어 있고, 안쪽에는 굉장한 사이즈의 로스팅 기기가 커피를 볶아내고 있었다. 벽은 페인트가 벗겨져 있었고 사용감 많은 의자와 제각각의 테이블이 배치되어 있었다. 사람들은 세월의 흔적 안에 포함된 사람처럼 자연스럽게 각자의 자리에서 커피를 마시며 자신만의 시간을 즐기고 있었다. 묘한 편안함과 신선함이 느껴졌다. 나도 한자리를 차지했다. 구석진 창가 자리에 햇살을 받으며 커피를 음미하고 적당한 거리에서 이 공간의 다른 이들과 연대감을 느끼며. '아! 역시, 멋진 공간은 사람의 마음을 움직이는구나.' 어느새 쓸쓸함이 옅어져 있었다.

집에 돌아오니 둘째가 막 하원하는 참이었다. 둘째가 배고프니 뭐 좀 먹고 숨바꼭질을 하자고 했다. 그러겠다 하고 잠시 뒤 숨바꼭질이 시작되었다. 내가 먼저 술래가 되어 거실 한 벽에 눈을 감고 기대었다. 열까지 세면 찾겠다는 룰을 정하고 큰소리로 하나, 둘, 셋 하며 세어나갔다. "엄마, 아직 아직." 둘째가 천천히 좀 하라며 우왕좌왕 소리를 냈다. 소리만으로도 거의 짐작이 되지만 나는 이때 노련한 천연덕스러움을 발휘해야 한다. 창호 문틈 사이에 숨은 그림자가 다 보이지만 모르는 척 2층으로 올라갔다. "어디 있지, 어디 숨었을까"라고 내뱉으며 아이의 재미와 긴장에 탄력을 붙였다. 그러다 아이의 키득 소리로 근처까지 접근했다. 그 천진스러움을 잠시 지켜보다 다시 찾는 소리를 내면 아이는 입을 틀어막는다. 그때쯤 조심스럽게 창호 문을 스르륵 열어 "찾았다"를 외치고 둘은 한참 깔깔거린다.

이제 내가 숨을 차례다. 숫자를 세는 아이의 소리를 들으니 마음이 조급해지고 제대로 나를 숨길 곳을 찾게 되었다. 그러다 가장 위층의 다락방으로 올라갔다. '아홉칸집'의 다락 공간의 바닥은 좁은 틈새를 일정한 간격으로 두어 빛과 소리가 통하게 하였다. 가족들이 어디에 있는지 쉽게 확인할 수 있게 한 의도였다. 다락을 하나의 층으로 제대로 활용하기 위해 빛도 은은하면서 충분히 들어오게 했다. 그 다락 안쪽에, 말하자면 박공지붕 아래쪽에 낮고 푹신한 매트리스가 깔려있다. 나중에 둘째 아이방을 만들어 줄 때 놓아줄 요량으로 잠시 그곳에 두었다. 나는 그 매트리스 위에 누워 침묵을 지키고 있었다. 평화로웠다. 오래 이렇게 머물고 싶었다. 무슨 짓을 해도 될 것 같은 이완의 편안함이 느껴졌다. 장소의 분위기가 마음의 태도를 바꾸고 있었다. 너는 나를 찾고 나는 너를 기다리고, 누군가가 나를 애타게 찾고 있다는 사실이 위로되고, 내가 찾는 누군가는 어디쯤 있을 거란 확신이 있어 안도하는 마음이 그 공간을 채웠다. 아침에 느꼈던 쓸쓸함은 카페에서, 이곳 다락에 모두 정화되었다.

열을 다 센 아이는 이곳저곳을 분주하게 다녔지만 나를 쉽게 발견하지는 못했다. 엄마가 평소에 잘 가지 않는 곳이니 생각이 미치지 못하는 듯했다. 나는 일부러 헛기침을 재채기로 둔갑시켜 힌트를 주었다.

총총 발걸음 소리가 가까워졌다. 아이는 환희에 찬 얼굴로 나를 덮치고 "엄마, 여기 있었네" 하며 품에 안겼다. 그 순간이 너무 좋았다. 한참을 그곳에서 아이와 뒹굴뒹굴했다. 천창을 열어 흘러가는 구름도 보고 싱그러운 봄 냄새도 맡았다. 정말이지 주택살이는 새로운 경험과 감정을 배우게 한다.

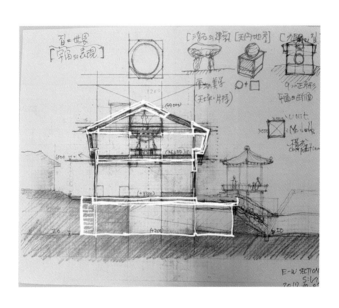

구조가 마감인 건축미학

단독 주택을 지으려는 건축주 입장이 되면 누구를 만나서 어떻게 지을까 고민에 빠진다. 인터넷에 검색하고, 건축 관련 잡지와 전시회를 다녀보고, 건축 설계사무소 또는 시공사와 상담한다. 설계를 시작하면서 첫 번째로 결정해야 하는 것 중 하나가 구조 방식이다. 대부분 익숙하고 튼튼한 철근 콘크리트조를 선택하거나 경제성과 건강을 위해서 경골목구조를 선택하는 경우가 가장 흔하다.

이 두 가지 구조의 공통점 중 하나는 구조체가 마감재에 덮여서 보이지 않는다는 것이다. 물론 철근 콘크리트조는 노출 콘크리트로 디자인하는 경우가 있기는 하지만 단열재가 연속되지 않아서 발생하는 결로, 실내에 노출된 콘크리트에서 방출되는 라돈가스, 시멘트 가루와 접촉하여 일어나는 피부 발진 등 건강한 주거 공간을 위해서는 신중해야 할 필요가 있다. 경골목구조는 목재 사이가 단열재와 설비 배관으로 채워지고 마감재로 덮어서 아름다운 목구조가 보이지 않게 됨을 무척이나 아쉬워하는 경우가 많다. 아쉬운 나머지 마감재 위에 목재를 덧붙여 구조가 노출된 것처럼 보이게 하기도 한다. 건축비의 여유가 조금 있다면 기둥보 목구조의 선택이 늘어나는 이유가 여기에 있다.

우리는 집을 지으려고 할 때 어떤 구조로 할 것인가 고민할 필요가 없었다. 오랜 기간 건축 시공을 하면서 쾌적하고 아름다운 목구조를 인테리어처럼 노출하는 기둥보 목구조가 답이라고 생각했기 때문이었다.

한옥에 들어서면 마주하는 기둥, 보, 서까래가 발산하는 목구조의 아름다움에 흠뻑 취하게 되는 것처럼 집에 들어서면 목구조의 아름다움을 즐기면서 생활하고 싶었다. 풍부한 목구조를 보면서 눈이 즐겁고, 은은한 나무 향기에 코가 즐겁고, 피부로 느껴지는 부드러운 통나무의 촉감을 즐기며 생활하고 싶었다. 이처럼 목구조 자체가 마감재인 구조미학을 실현하기 위해서 지하는 설비 공간 등 기능 공간을 노출하고, 그 외 공간은 별도의 숨은 설비 공간을 계획하는 등 실시 설계 및 시공 과정에서 나의 시공 경험과 건축 지식을 설계자와 나누면서 집을 완성해 나갔다.

지하층은 땅속에 접해야 하므로 철근 콘크리트조로 했다. 다만 천장은 철근 콘크리트 슬래브 대신 목재 장선을 노출했다. 목재 장선 사이에 열회수 환기 장치 배관과 디퓨저, 전등 박스를 배치하여 노출함으로써 목재 장선 구조가 인테리어가 되도록 했다.

1층, 2층, 다락방은 기둥보 목구조가 내부에 적극적으로 노출되었다. 기둥보 목구조 가공을 발주하기 전에 실시 설계 디테일을 챙겨서 가공도를 완성했다. 유난히 목재가 많이 보이는 집이면서도 휴양림 방갈로, 찜질방 내장을 덮은 무심한 목재 마감에서는 느낄 수 없는 목구조의 풍성함이 잘 느낄 수 있도록 목구조와 목재 마감의 배치와 비율에 정성을 들였다.

지하부터 다락까지 연결되는 돌음계단은 철 구조에 목재 계단판으로 마감하려던 것을 구조 겸 마감이 된 NLT 목구조 계단으로 변경했다. NLT란 목재를 못으로 결합하여 목재로 된 큰 바닥이나 벽을 만드는 방법이다. 여기에 현장에 남은 목재를 활용해서, 탁자와 의자를 만들면서 직각으로 꺾이는 모서리 부분을 작은 목재로 교차해서 결합하면 매우 튼튼하다는 경험을 살려서 NLT 목구조 계단을 만들고 별도의 마감을 붙이지 않았다. NLT 공법과 경험에서 얻어진 목재의 결구 방법에 대한 구조적 확신이 있었고, 우리 집이니까 내 맘대로 시도해 볼 수 있어 저지른 것인데 목구조의 독특하고 아름다운 계단이 우리 집 명물이 되었다.

건축물의 구조를 만들고 마감재로 감싸서 완성한 후에는 그 건축물이 어떤 구조로 되어 있는지 알 수 없는 경우가 대부분이다. 목구조는 목재 자체가 훌륭한 마감재이기 때문에 목구조를 노출하면 좋은 마감재로 만든 구조적 아름다움을 발산하는 공간을 만들 수 있다. 구조가 마감인 건축미학의 완성이다.

목조주택의 가치

며칠 전 동네 중학교에서 환경 단체 고문의 강의를 듣게 되었다. 주제는 생활 속 쓰레기를 줄여 지구 환경에 도움이 되는 일을 찾는 내용이었다. 지구온난화, 탄소 중립, 자원 고갈, 생태계 교란 등 이런 이슈의 심각성을 모를 리 없었지만 생활 속에서 어떤 실천이 적극적인 방향성을 갖는지는 모르고 있었다. 그래서 교육과 강의로 다시금 알게 되고 그 자극은 각성을 동반하여 실천력을 높일 수 있게 되었다. 쓰레기 분리배출, 일회용 사용 억제 등으로도 상당한 수치의 에너지 절약이 가능하다. 난 휴대폰에 그 흔한 배달 어플 하나 없고 카페에 가도 텀블러를 사용하는 것이 이미 자연스러운 일이었다. 그러면서 마음속으로 친환경 주택인 목조주택에 사는 혜택에 안도와 감사함이 일렁였다.

지구 온도가 2도 이상 상승한다면 생태계 파멸의 위험성이 높다고 이야기한다. 지금 배출하는 탄소량을 절반으로 줄여야 한다. 목재는 이산화탄소 배출량이 적은 재료이다. 묘목을 심어 건축 재료로 사용하기까지 대략 50~60년의 세월이 필요하다. 베어낸 곳에 다시 나무를 심는다면 숲은 유지되고 나무라는 자원은 지속해서 순환할 수 있다. 지금 사용하는 나무는 50년 전의 것이고 오늘날 심은 나무는 미래 세대를 위한 것이 된다. 그 나무의 수만큼 이산화탄소를 저장하고 있다. 이 목재로 건축을 시작하고 수명이 끝날 때까지 에너지 소비를 최소화하게 되는 일이고 또 그 목재를 재활용하기도 한다.

목조건축의 장점이자 사람들이 잘 모르는 사실이 불이 났을 때 위험도이다. 나무는 불에 잘 타는 재료가 맞다. 그러나 화재의 위험도는 인명 피해나 건축물의 손상 정도가 기준인데, 불이 붙은 나무는 표면이 숯 상태가 되어도 구조적 강도를 잃지 않고 유해 가스가 발생하지 않아 대피 시간을 확보할 수 있다. 철 구조물은 800도가 넘는 화염에 휩싸이면 시간이 지날수록 약해져 휘어지면서 무너지고 그 과정에 유독가스의 발생으로 질식사의 위험도 커진다. 모든 국민이 슬퍼한 숭례문 화재는 50시간 이상 지나야 붕괴하였고 무서운 화염에도 많은 부분의 목재는 살아남았다. '아홉칸 집' 1층 거실 공간에도 100년 넘은 고택의 기둥이었던 목재를 연결해 만든 좌식 식탁이 있다. 나무의 결은 자연스럽고 세월의 누적만큼 깊고 단단하다.

"우리는 어디에 있느냐에 따라 전혀 다른 사람이 된다."

프랑스 작가 스탕달의 말처럼 공간의 취향과 심리적 가치는 긴밀히 연결되어 있다. '아홉칸집'에서 느끼는 나무의 향기와 색감 그리고 목재가 방출하는 피톤치드는 알파파를 증가시키니 집안이 쾌적한 듯하다. 그런 순간 지금 살아 숨 쉬고 있다는 감격의 사실을 음미하게 된다. 누우면 머리 위로 하늘이 펼쳐지고 창을 열면 바람이 갈대를 흔들어 대고 열정적으로 물든 단풍의 반짝거리는 이 아름다운 장면을 내 집에서 누리는 것이 앞으로의 삶이 더 평온해질 수 있음을 상기시킨다.

북한산을 조망하며 쉼을 선택한다

도시 생활의 시작과 끝은 집에서 떠나 다시 집으로 돌아오는 일의 반복이다. 일상이 모여 삶이 되듯이 이런 생활이 우리의 모습이다. 삶이 건조하고 지루하지 않도록 새로운 자극과 아름다움이 필요하다. 아름다움이란 형태를 보는 것에 그치지 않고 느끼고 체험하게 된다면 그것이 새로운 자극이 될 것이다.

나는 바닷가 출신이고 부산에서도 꽤 오래 생활을 한 사람이라 바다에 대한 애착과 정서가 남다르다. 실연 후 상실감도 바다에서 치유하였고 사회생활의 회한, 친구들과의 갈등도 바다를 통해 위로받은 경험이 있을 수밖에 없다. 그러다 결혼 후 나는 북한산 가까이 신혼집을 차리게 되었고 평소 등산 한 번 하지 않던 나는 북한산을 걷고 오르고 자주 들여다보는 일들과 친숙해졌다.

낯선 동네란 들를 일이 자주 없는 곳이고, 친숙한 동네는 여러 이유로 들릴 일이 많아 자주 가는 곳이다. 아이들이 일주일에 한 번씩 했던 숲 활동 때문에 간식거리를 챙겨 동행하며 계절의 변화를 일찍 체감했었다. 진관사의 소나무와 이른 아침의 안개가 탁해진 마음을 정화했고 그곳에 파는 대추차가 진하고 달콤해 북한산 주변을 자주 찾게 되었다.

한번 삶의 터전으로 삼은 동네는 쉽게 옮기지 못한다. 오래 살다 보니 생활권의 안정감도 생기고, 가족 구성원 각자의 커뮤니티가 형성되어 관계 안에서 끈끈해진 유대감으로 그곳 생활이 소중해진다. 그러다 보니 내가 이곳에 집을 짓게 된 건 어찌 보면 자연스러운 삶의 연장 아니었을까.

'아홉칸집'을 지으면서 무엇보다 집 내부에서 북한산을 조망할 수 있게 된다는 사실에 감격하고 설레었다. 북한산의 연봉은 듬직하고 단단한 기세로 이어지고 있다. 계절과 시간에 따라 다른 빛과 색깔을 뿜어낸다. 바다 냄새를 그리워하던 내가 북한산의 존재로 큰 위로와 힘을 얻는다. 쉬고 싶을 때 옥상에 올라가 멍하니 산과 동네 풍경을 바라본다. 우리 집 지붕 너머에 산봉우리처럼 늘어선 이웃집 지붕. 그

너머에 겹겹이 그어진 북한산의 능선을 보고 있노라면 나 자신이 얼마나 미약한 존재인지를 깨닫게 된다. 자연은 나를 객관화하여 들여다보게 하는 깨달음과 즐거움을 준다. 또한 공간은 내가 어디에 서 있느냐에 따라 시각, 청각, 촉감을 달리 느끼게 하며 적극적으로 반응하게 유도한다.

멋진 공간이 만들어 내는 혜택이 이렇게 좋을 줄이야! 너무 바쁘게 살아가는 현대인들은 일상의 관성을 잠시 멈추고 일부러라도 쉬는 방법과 여유를 찾을 필요가 있다. 내 몸에 이로운 일을 해 주지 않은 날은 잠시라도 북한산을 바라보러 옥상으로 올라간다. 풍경과 햇살에 온기를 받고, 폐를 활짝 열게 해 불어오는 바람으로 휴식도 취하고 좋은 생각의 전환도 얻어낸다. 역시 체험보다 좋은 공부는 없다.

목조주택은
자신과 가족을 위한 바람직한 투자

　며칠 전 후배에게 전달할 것이 있어 그의 집으로 갔다. 주차장에서 그녀를 기다리는데 멀리서 걸어오는 얼굴에서도 수척해진 느낌이 확연했다. 이유를 물으니 아들 교육 때문에 걱정이 많아서라고 한다. 초등학교 1학년 외동아들의 성적은 영어 학원에서도 수학 학원에서도 그야말로 최상위권인데 그걸 유지하기 위해 많은 숙제와 선행 학습을 감당하려니 힘에 부쳐 학원 학습의 지속 여부에 대해 고민이 깊어졌다고 했다. 이런 일에 열성적이지 않은 나는 낯설었지만 그래도 충분히 공감할 수 있었다. 아이의 우수한 성적은 수고한 엄마에게 달콤한 보상이며 주위 사람들에게 듣는 적절한 긍정의 피드백은 그것을 지속하게 했을 것이다. 어떤 이야기라도 듣고 싶어 하는 후배에게 아이들은 부모가 의도적으로 가르치고 보여주는 것을 수용하는 데 그치지 않고 특히 주 양육자 엄마의 꿈, 눈빛, 감정, 가치관, 목소리만으로도 부모가 무엇을 원하는지를 감각적으로 알고 있다고, 말 잘 듣는 아이는 주어진 학습을 거부하면 엄마가 얼마나 슬퍼할지 벌써 알고 있는 듯하다고 나의 의견을 전달하였다. 그랬더니 후배의 눈에 금세 눈물이 가득 고였다.

이야기를 이어 나가다 보니 후배와 나의 어린 시절은 겹치는 기억이 많았다. 셋째 딸이고 부모가 여러 이유로 바쁜 생활 속에 보살핌의 결핍이 제일 두드러졌다고 느끼고 있었다. 형제 네 명 중에 나 혼자만 백일 사진, 돌 사진이 없는 것이 서운했는데 후배도 그렇다는 걸 듣고 둘이 반갑게 웃었다. 그녀는 그 결핍을 아들이 느끼지 않으리라 다짐했다고……. 충분히 공감되었다. 비슷한 성격의 결핍이 있다 하더라도 그것을 해석하고 상쇄하려는 양상은 참으로 다양하다.

결혼 초 고미숙 선생님의 강의를 들은 경험이 나에게는 큰 전환점이 되었다. 자식에게 자신의 결핍을 해소하는 해석과 욕망을 투사하는 일이 그다지 큰 만족감을 주지 않을뿐더러 허무할 수 있다는 것을 알게 되었다. 좋은 양육은 아이를 사랑하고 부모 스스로가 만족하는 삶을 사는 것이란 것도.

아이를 사랑하는 마음도 나를 사랑하는 마음도 그것은 스스로 만족할 수 있는 결정에서만 가능한 것일 테지. 돌아오면서 내가 아이들을 사랑하는 방식 그리고 내가 나를 사랑하는 방식에 대해 생각해 보았다.

누군가 아이를 어떻게 키우냐고, 너 자신을 어떻게 사랑하고 있냐고 물어본다면, 나는 '아홉칸집'을 보여줄 것 같다. 아이는 뛰어놀 수 있도록, 중년이 되어서도 여전히 내 꿈을 꿀 수 있도록 마음을 허락하는 이 공간이야말로 내가 가족을 사랑하는 방식 그 자체가 아닐까 싶다.

자기 결정권

주택 생활은 아파트와 달리 입체적이다. 아이들의 일상 행위가 내 시야에 늘 걸리지 않는다. 그러면 놓치는 것도 있을 수 있지만 덜 예민해지고 지적할 거리나 잔소리가 줄어들게 된다. 아이들이 2층이나 다락에서 각자만의 시간을 가질 때 나 역시 방해받지 않는 공간에서 내가 하고 싶은 것들을 한다.

'아홉칸집'은 평면이 아홉 칸으로 이루어져 있다. 침실, 아이방, 사랑방, 계단실 하물며 화장실마저 아홉 칸 중 한 칸의 너비를 차지한다. 공간의 위계 없이 '아홉칸집' 구성원 모두에게 공평한 크기를 누리게 했다. 건축에서 멋진 형태, 디자인도 중요하지만 보다 중요한 건 좋은 비례와 사용자가 느끼는 공간의 만족감이다. 남편이 아무리 건축업을 한다고 해서 쉽게 집을 짓자고 결정할 수 없었다. 우선 큰 건축 비용은 무엇을 결단하기에 주저하게 만드는 주된 이유였다. 그러나 아이들 활동량이 커지면서 아랫집의 민원이 잦아졌고, 찬 바람이 불기 시작하면 감기가 자주 들었다. 실내 온도를 올려도 공기가 데워지지 않았다. 벽의 가장자리 집이어서 더욱 그랬다. 콘크리트 건물에는 '냉복사'가 있다. 겨울에 기온이 떨어지면 벽면 등의 표면 온도가 떨어지게 되는데 이때 방 안에 있는 사람도 차가운 벽면으로부터 몸의 열을 빼앗기게 되는 현상을 말한다. 어린 시절 햇살 좋은 운동장에서 놀던 가을날 건물 안으로 들어가면 몸이 으스스하고 움츠러들었던 기억이 있을 것이다. 냉복사는 실내 온도가 낮기 때문이 아니고 바닥이나 벽, 천장의 표면 온도가 낮기 때문이다. 이에 따라 몸에서 열을 빼앗기게 되니 실내 온도를 높여도 별 신통치 않다. 그러면서 발코니, 외부랑 인접한 다용도실에 곰팡이가 핀 걸 확인하면서 집을 짓자고 우리 부부는 마음을 먹었다. 상암동에 있던 사무실을 지하에 마련하는 계획으로 그 월세를 대출 이자로 치환하자며 일을 저질렀다.

활동성 높은 아이들에게 뛰지 말라는 소리는 80세 이상 노인에게 계속 뛰라고 하는 스트레스와 같은 수준이다. 학원 다니며 쓰는 비용을 가장 오래 머무는 집에 투자하자는 생각도 '아홉칸집' 생성에 힘을 보탰다. 철제 의자나 콘크리트 바닥과 나무 의자에 닿는 피부 감촉이 다른 것처럼 나무가 구조인 '아홉칸집' 실내 온도는 난방기를 켜지 않아도 겨울철에 쉽게 식지 않는다. 체감온도가 적절하니 감기도 거의 걸리지 않고 활동성은 높아졌다. 아이들은 나무 기둥에 기대어 몸놀이도 즐기고 손으로 어루만지면 향기가 난다고 신기해했다. 나무는 죽었지만 '아홉칸집'에 사용된 목재는 호흡한다. 스스로 조습작용을 해서 실내가 건조하면 수분을 토해내고 주위 습도가 높으면 흡습한다. 미술관, 박물관 수장고가 목재의 조습작용을 잘 이용하는 것처럼 '아홉칸집'도 목재의 조습작용으로 곰팡이로부터도 자유로워졌다.

내 인생은 나의 것이고 그 인생은 하루하루가 모여 이루어진다. 어린 시절부터 특별히 발견된 재능도 없었고 부모님의 재산으로 도전해 볼 상황도 아니었다. 그래서 주어진 상황에서 닥치는 대로 살았다. 그 삶이 꼭 아쉬웠다고 말할 순 없지만 늘 다른 것을 기웃기웃하며 그 시간을 지내왔던 것이다. '아홉칸집'의 결정은 자기 결정권이 발휘한 결정적 사건이었다. '자기 결정권'이란 스스로 설계한 삶을 옳다고 믿는 방식으로 살아가려는 의지이다.

사람들은 각자 중요한 삶의 요소를 선택하고 투자하며 살아간다. 어느 것이 더 좋은 삶이라고 평가할 순 없지만, 집에서 일, 사랑, 놀이가 가능하고 지구온난화 환경의 이슈에도 작은 보탬이 된다는 사실이 미래에 투자하는 나의 의지를 더욱 견고하게 했다.

자연의 빛깔(남편의 시선3)

거실과 침실은 자연광이 들어오는 쪽으로 몸을 틀고 있어서 들어오는 빛이 꺾이지 않고 언 개울이 골을 따라 아래로 흐르듯 안으로 흘러든다. 하루 중 태양이 오르고 지는 흐름에 따라 거실로 흐르는 빛의 길이와 세기가 달라진다. 나는 빛이 담아낸 햇살의 농도를 거실 한편에 앉아 멍하니 지켜보는 시간을 사랑한다.

흘러드는 빛이 마룻바닥에서 빛을 튕겨내는 그 장면을 최대한 느린 시선으로 바라보고 있노라면 마치 시간이 빛의 세기와 길이에 맞춰 느리게 흘러가는 듯한 착각이 든다.

햇살이 좋은 날은 거실에 난 창을 활짝 열고 거실 앞에 수공간을 바라본다. 여린 바람이 불어 가늘게 떨리는 물비늘에 갇힌 햇살이 일렁이는 모습에서 나는 평화를 본다. 평화를 감정이 아니라 현상으로 먼저 경험할 때, 평화의 잔상이 마음에 더 진하게 남는 듯하다.

비 내리는 날이면 나무로 만든 집도 비를 마신다. 나무로 만든 집은 세월과 함께 주변 자연을 담고 닮아간다. 비와 바람과 눈과 태양이 겹겹이 쌓이는 시간을 통과해 가며 집은 흡수한 자연을 닮아가는 것이다. 건기와 습기를 오갈 때 집은 물을 머금고 뱉어내며 그가 품은 나와 아내와 아이들을 지켜낸다. 비가 오는 날이면 간혹 마루가 삐걱대는 소리를 낼 때가 있다. 그것은 나무가 자연에 적응해 가며 공간의 균열을 보정하며 스스로 몸을 맞추는 소리다.

이런 날 커피를 내리면 향이 진하고 스피커의 음향은 더욱 풍부해진다. 실제로 목조는 소리를 저음에서 고음까지 균일하게 흡음하고, 잔향을 없애기 때문에 귀로 들어오는 음악이 더 편하다. 콘서트홀의 내장재로 목재를 사용하는 이유가 그 때문이다. 집안에 오래 머물면서 아이들의 집안일 참여도도 높아졌다. 화분에 물을 주고, 테라스에 자기 양말과 팬티를 널어둔다. 계단 청소를 할 때면 한 녀석은 위에서 시작하고, 한 녀석은 지하에서 시작해 어느 중간 지점에서 만나 누가 더 열심히 했는지 도토리 키재기를 한다. 모든 것이 통제되었던 지난 3년, 주택은 우리 가족에게 그 자체로 세계였고, 집이었고, 사회였고 경험이 되어 주었다.

아이들이 자유롭게

'아홉칸집'엔 담장이 없다. 토지를 구매하고 설계를 시작하면서 본디 가지고 있던 땅의 성질, 형태, 기운을 최대한 유지하고자 하였다. 자연의 큰 흐름과 지구의 순환 생태계를 떠올리면 우리는 이곳에 잠시 머물다 가는 것이기에 될 수 있으면 내 편리만을 위한 개입은 최소한으로 하고 싶었다. 그리하여 주어진 땅의 흐름 안에 건물을 배치하고 정원을 만들었다. 나중에 필요를 느끼면 담장을 만들자 보류해 두고 지금껏 앞마당, 옆마당이 외부로 트여 있다. 동네 아이들이 술래잡기나 숨바꼭질을 할 때면 자유롭게 마당과 데크를 오가게 했다. 누구는 이런 모습에 사생활이 침범받는다고 보안이나 안전의 우려를 설파하지만 난 이런 부분에서는 마음이 여유롭다. 신난 아이들의 놀이를 방해하고 싶지 않다. 어린 시절의 나는 좁은 집에서 대식구와 살아 잔디를 밟고 마당에서 뛰어 놀이하는 아이가 세상 제일 부러웠다.

이 동네 아이들은 각자 나름의 방식으로 마당을 즐기고 있을 테지만 어른들의 간섭과 통제와 안위의 수위가 높아졌기에 나는 살짝 예외이고 싶었다.

아이들이 노는 걸 지켜보면 정원으로 발걸음이 자주 옮겨졌다. 정원에 있는 식물과 나무가 크는 모습, 다양한 자태를 충분히 감상할 수 있었다. 그러다 아이들은 놀이가 끝나면 물 한 잔 벌컥벌컥 들이켜고는 조금 걸어 닿을 수 있는 작은 숲길로 산책을 떠났다. 거리는 가깝지만 숲은 하루하루 보여주는 모습과 향기가 달라서 여행을 온 듯한 설렘과 흥미로운 감정으로 스며들게 한다.

큰 돌과 작은 돌이 마구잡이로 섞여 있는 흙을 밟고 작은 숲길의 초입을 지나면 아담한 냇가의 물줄기를 만나고 조금씩 걷다 보면 우거진 나무와 식물, 벌레와 곤충, 가끔 나타나는 다람쥐가 있는 숲 한가운데에 자리한다. 아이들이 보이는 동식물의 이름을 궁금해 하지만 알려주려 애쓰지도, 그 흔한 포털에 검색하는 시늉도 하지 않았다. 그냥 나는 보고 느끼는 감정과 생명력의 신비에 감탄만 표현했다. 자연은 '아는 것'보다 '느끼는 것'이 더 중요할지도 모른다고 아이들의 물음에 침묵하고 그렇게 각자의 속도로 숲을 거닐었다.

나보다 훨씬 작은 아이들은 땅과 가까워서인지 내가 눈길조차 주지 않았던 것들을 발견할 줄도 알고 기쁨도 느꼈다. 어쩜 매사에 서둘러 대충 보고 지나치는 탓에 많은 아름다움을 놓치고 말 텐데. 익숙하지 않은 다양한 생명체를 아이들과 함께여서 만날 수 있었다.

우린 그렇게 길동무가 되어 숲을 빠져나와 집 마당에 이르렀다. 아 어쩌지! 길고양이들이 마당의 이끼를 이리저리 파헤치고 똥을 싸놓고 갔다. 갑자기 고약한 냄새와 모양새로 인상이 찌푸려지고 성질이 났다. 난 냄새에는 너그러운 마음이 전혀 없다. 내가 너무 힘들어하니 큰애가 자기가 치우겠다며 나를 진정시켰다. 고맙고 기특하다고 칭찬하고선 의존해 버렸다. 그리고 그날 밤 아이들이 동네에서 들었는데 고양이 밥을 주면 그 집 마당엔 배변을 안 한다고 우리도 고양이에게 먹이를 주자고 했다. 냄새보다 상생을 위한 선택을 했다.

다음날 아이들은 직접 고양이 사료를 사러 다녀오고 적

당한 자리에 사료 한 접시와 물을 가득 담아 내어놓았다. 오고 가며 그릇을 체크하고 비어 있으면 고양이 녀석들이 배를 채웠다고 즐거워했다. 사랑하는 사람이 숟가락을 떠서 배를 채우고 맛있다고 말해 주는 그 소중한 순간처럼 아이들의 표정엔 사랑이 가득했다.

난 엄마이기 전에 내 삶도 중요하기에 나의 에너지를 아이들에게 많은 것을 가르치거나 강요하는 데 쓰지 않는다. 그저 함께 즐거워하고 흥분하고 웃는다. 정수리에 땀 냄새 가득한 아이를 꽉 안으니 "엄마, 난 이곳이 좋아"라고 말한다. 왜냐고 물으니 "우리가 모두 함께 있어서"라고 답한다.

봄처럼 사랑스러운 말이다.

숨을 곳이 필요해

까꿍 놀이는 인간의 성장 과정에서 중요한 플레이다. 눈 앞에 보이는 것에만 관심을 보이던 아기들은 좀 더 자라면서 보이지 않는 대상을 찾게 된다. 까꿍 놀이는 아기들에게 사물을 기억하게 하는 놀이로, 이런 기억력을 바탕으로 늘 곁에 있던 엄마가 보이지 않더라도 어딘가 있다는 마음의 안정을 갖게 되고 사라졌다 나타나는 엄마의 얼굴을 보며 긴장과 안심의 과정을 반복한다. 이런 경험이 주는 철학은 '눈에 보이지 않아도 반드시 존재한다'이다.

아이들이 좋아하는 숨바꼭질은 까꿍 놀이와 반대의 것으로 자신의 눈을 가리거나 얼굴을 숨기는 것만으로도 자신이 숨었다고 생각한다. 만화를 보거나 동화책을 보면 얼굴이나 머리는 구석에 넣어두고 나머지 몸이 만천하에 드러나는 데도 자신이 없어졌다고 생각한다. 숨는 놀이를 하면서 자기 '몸'을 인식하는 과정이다. 까꿍 놀이가 자신이 타인을 인식하는 것이라면 숨바꼭질은 타인이 자신을 찾아내어 인식하는 것이다. 그러나 자신을 잘 숨기고 누군가가 반드시 자신을 찾아올 것이라는 믿음과 설렘을 갖는 과정에서 긴장과 안도를 느끼는 점에서 비슷하다. '아홉칸집'에서 아이들은 곧잘 숨은 나를 불러댄다. 본능적으로 작은 틈새나 잘 숨겨질 곳을 찾아 놀이를 즐긴다. 어디에 숨었는지 쉽게 알지만 아주 어려운 척, 어떻게 그렇게 잘 숨었는지 감탄하며 능청을 부려야 놀이의 즐거움은 커진다.

"어디 숨었니? 못 찾겠어!" 하면 키득키득 웃음소리를 새어놓는다. 그때 냉큼 "찾았다!" 외치며 아이들을 발견한다. 시원하게 몇 차례 웃고 나서야 놀이는 끝난다. 문득, 아이들이 부러웠다. 나도 때때로 나만이 아는 곳에 숨고 싶다. 미뤄둔 일이 많거나 정리되지 않은 생각이 나를 안절부절못하게 하거나 지난 기억의 회한이나 불현듯 불안감이 찾아올 때. 그럴 때면 잠시 내 몸과 정신을 숨길 공간이 필요하다. 오늘은 유난히 추운 날이고 지난밤 잠을 설친 탓에 몸을 숨길 아늑한 장소가 더 절실했다.

커피를 내리고 온돌방에 앉아 아이들에게 부탁했다. "얘들아, 엄마는 잠시 숨을 곳이 필요해. 그러니 한 시간만 2층에서 내려오지 않고 있어 줘." 아이들은 후다닥 2층으로 올라가 그들만의 시간을 즐긴다. 나는 잠시 숨어 몸도 누이고 마음도 놓인다. 따뜻한 방바닥이 적극적으로 숨고, 쉴 수 있도록 나를 유도한다.

기능도 아름다움도 다 중요해

신혼여행으로 유럽에 갔을 때 역사적인 건축물을 보고 느끼는 것이 가장 값진 경험이었다. 로마 콜로세움의 규모를 보면 로마제국의 국력이 어떠했는지 짐작과 수긍할 수 있고 바티칸 성 바오로 대성당의 내부에서는 숨이 막힐 만큼 탄성이 절로 나왔다. 화려하면서도 깊은 돔 천장에 시선이 사로잡히고 천장에서 아래로 빛이 비치면 저절로 신에 대한 열망이 샘솟았다. 이런 걸 사람이 만들었다는 비현실적인 사실에 호흡이 차분히 가라앉았다.

피렌체란 도시는 모든 곳이 역사적 현장이고 르네상스 시대의 보물들이 거리 곳곳에 있는 것이 신기했다. 이름은 정확히 기억할 순 없지만, 여행 중 피렌체의 어느 작은 성당에 들어가게 되었다. 내부 벽체에 사용된 아치의 연속 구성이 매우 근사했고 아치와 기둥에 장식된 흰색과 녹색 대리

석의 구성도 아름다웠다. 천장은 목조 트러스와 아치로 만들어져 있어 시선을 자극했다. 그러다 한쪽 벽에 기대어 앉아 그 공간을 느끼게 되었다. 그 순간 성가가 흘러나왔고 그 음악은 나의 모든 감각을 건드려 감동을 주고 있었다. 각 악기 연주자의 포즈와 표정이 상상되고 음색의 미세한 차이와 강약의 대비가 선명하게 전달되고 있었다. 말문이 막힐 만큼 황홀했다.

많은 음악당이나 콘서트홀의 마감이 나무로 되어 있는 것이 넘칠 만큼 이해되었다. 목재는 저주파 음역의 소리를 크게 해 주고, 귀에 거슬리는 높은 주파수의 소리를 억제해 주기에 목재로 마감된 내부의 음악은 풍부하고 부드럽다. 나의 일상에서 음악은 매우 중요한 요소이다. 어릴 때부터 밤늦도록 라디오를 듣는 것이 큰 위로였고, 해외여행을 갈 때마다 그곳 CD는 꼭 사야 했다. 이어폰으로 꽉 차게 듣는 충만감에 잠시 쓸쓸함을 달래기도 한다. '아홉칸집'엔 수제 스피커와 작은 진공관이 있다. 음악은 순간에 머물고 사라지기에 하나하나의 음을 더욱 세심하고 강렬하게 느끼고 싶어 신혼 초에 마련한 것들이다. 육아에 허덕이던 몇 년 전 잠시 놓았던 음악을 주택으로 옮겨오면서 다시 만나고 있다.

동네 지인이 마샬 블루투스 스피커가 세일한다고 해서 나도 사게 되었다. 지인은 '아홉칸집'에서 음악을 들으며 늘 못마땅한 소리를 내놓는다. 같은 스피커인데 본인 집에서 듣는 소리의 질이 다르다고 귀여운 투정을 부린다. 목재로 마감된 '아홉칸집'의 음악은 소리를 흡음하고 원음을 훼손하지 않고 토해놓는다. 목재의 기능과 아름다움 속에 묻혀 있다 보면 어느덧 산만한 마음이 옅어지고 나는 조금 더 느긋한 사람이 되어 있는 것 같다.

집의 정의는 동네까지 포함한다

나는 걷는 걸 좋아한다. 이곳에 이사 오기 전 아파트는 보도블록이 안정적으로 넓게 구획되어 있고 모든 단지가 끊어짐 없이 연결되어 있어서 무심히 동네를 구경하듯 걸으면 꽤 먼 거리까지 도착해 있었다. 마음만 먹으면 어디든 갈 수 있고, 신체를 단련해야 마음 씀씀이도 좋아진다는 생각으로 자주 집을 나섰다.

이곳 한옥마을 동네는 산과 숲, 진관사가 가까이에 있어 계절이나 날씨에 상관없이 산책을 더 깊이 즐길 수 있다. 산책길에 나서면 동네 아이들이 자전거나 킥보드를 타거나 누구 집 마당에 모여 놀이를 즐기고 있다. 서로 인사를 나누는 다정함에 산책하러 나간 발걸음이 더욱 가볍다. 곳곳에 생명력을 발휘하고 있는 이름 모를 풀들과 날아다니는 새들의 움직임, 도랑에서 흐르는 물소리, 날렵하고 웅장한 한옥 지붕이 나열된 풍경이 마음의 여백을 준다.

그렇게 유유히 산책하다 보면 늘 나를 멈춰 세우는 느티나무가 있다. 보호수로 지정된 170년이 넘은 나무는 거침없이 가지를 뻗어 그늘과 안식처를 만들어 내고 있다. 정령이 깃들어 있는 듯한, 압도적인 아름다움으로 이 마을을 지키고 있다. 코로나 전 우리 마을은 10월 말에 핼러윈 행사를 치렀는데, 각자 한껏 멋과 끼를 부려 분장한 모습으로 소집되었던 장소가 바로 이 느티나무 아래였다. 문화와 종교 이유로 이 행사에 적극적이지 않은 동네 어른들도 계셨지만 아이들의 신난 표정과 추억을 위해 기꺼이 사탕과 초콜릿을 준비해 주셨다. 또 봄, 가을이 되면 각자 마당에서 하는 가라지 세일도 주택살이의 보너스였다.

어느 날 저녁, 온종일 뭔가 일이 꼬이고 나에게 부과된 업무와 역할에 심술이 나서 아이들 저녁 식사를 이른 시간에 차려놓고 밖으로 나와 버렸다. 무작정 동네를 통과하며 투덜투덜 걷는데 어느 집 앞 비닐봉지에 '유리가 들어 있으니 조심하세요'라는 손 글씨가 적혀 있었다. 걸음을 멈추고 물끄러미 글씨를 응시했다. 다음 누군가를 생각하는 마음으로 이런 배려를 표현해 두었다는 데서 따뜻한 인간미가 전해져 왔다. 야간에 쓰레기를 수거하는 분이 무심코 집어 들다가 다칠까 염려하는 그 마음을 눈으로 확인하면서 오늘 내 맘을 알아차렸다. 온통 나밖에 없는 하루였다. 가족이든 지인이든 생각해 보면 내가 원하는 방식으로 그들이 작동해 주길 바랐던 것이다.

이런 마음을 반성하며 진관사 옆 은행나무 숲길로 향했다. 풀과 꽃 무리 사이로 선 은행나무는 일정한 간격을 두고 내 발걸음을 안내해 주었다. 자연은 특별한 보살핌을 받지 않아도 서로 어우러져 이렇게도 아름답게 꽃을 피우고 열매를 맺고 사는데, 오늘의 나는 너무 나만 생각한 것 같아서 나를 둘러싸고 핀 내 가족, 이웃에게 미안했다.

깊어진 가을 냄새를 맡으며 집으로 발걸음을 옮겼다. '아홉칸집'을 지으면서 주거 공간의 개념에 대해 고민하면서 주변과의 관계도 염두에 뒀다. 집이라는 것이 고정된 사물이 아니라 안에 사는 거주자와 함께 성장하고 호흡하며 만들어지듯이 주변과의 관계, 동네와의 관계 또한 다르지 않다. 동네의 울타리 안에서 따뜻하고 정다운 집이 되기를 다짐하며 현관에서 나를 기다리다 반겨주는 아이들을 꼭 껴안았다.

집에서 좋은 기억 축적하기

언제부턴가 두 아들과 함께 마트나 공원에 가면 나이 지긋하신 어른들이 "아이고 아들만 둘이어서 힘들겠다"라며 위로와 안타까움이 섞인 말투로 인사를 건네셨다. 자식 키운 경험에서 그리고 때론 딸의 위상이 커진 시대에 나름 친근함을 표현하고 싶어 하셨겠지만, 어느 날 그 말이 불편해서 "저 하나도 안 힘들어요. 우리 아들들 얌전해요"라고 굳이 강조하며 대답을 했다. 그러면서도 '굳이 어른이 한마디 건네는 말에 그렇게 발끈할 건 뭐람!' 하면서 괜히 싱거운 웃음이 나왔다.

생각해 보면 단독 주택으로 오고 공간과 시선으로부터 자유로워지면서 평소 받는 스트레스가 줄어들었음을 알아차렸다. 아이들이 거실에서 줄넘기나 몸놀이를 하면 나는 2층으로 올라가고, 내가 독서나 음악을 듣고 싶을 땐 아이들이 다른 공간에서 시간을 보낸다. 예전 우리가 집을 지어드린 건축주는 아들 둘을 키운 분이었는데 주택에 살면서 사춘기 아들과의 갈등이 현저히 줄었단 말씀이 '아홉칸집' 탄생에 영향을 준 것처럼 층으로 나누어진 공간은 갱년기 엄마와 사춘기 아들의 갈등에 큰 공로를 할 듯하다.

일요일마다 아이들과 하는 작은 의식이 몇 가지 있다. 가장 오래 침대에 머물러 있는 나에게 둘째는 커피를 만들고 첫째는 계란후라이와 냉장고에 있는 채소와 과일을 플레이팅해서 침대로 가져다준다. 커피의 농도가 진하기도 연하기도 하고 계란 후라이가 너무 짜기도 하고 바싹 구워 과자 같기도 하지만 그런 건 개의치 않는다. 쟁반에 무심하게 놓인 음식의 모양과 향기에 눈이 반쯤 떠진다. 한지 창호로 들어오는 나른한 햇살에 커피 향이 더해져 부드럽게 눈을 뜰 수 있다. 그 순간 충만한 마음으로 아이들에게 감사의 인사를 전하고 너희들이 얼마나 소중한 존재인지 이야기한다. 이 작은 사랑의 행위가 우리가 보낼 남은 하루를 보장해줄 것 같고 함께 만들어 가는 삶의 분위기를 형성한다. 2층과 다락 사이 계단에 창이 있는데 그곳은 구조상 단차가 꼭 작은 마루 같다. 그곳에 이불을 깔고 네 식구가 나란히 앉아 책을 본다. 책을 보다가 갑자기 질문하고 농담하면서 자유롭고 포근한 시간을 보낸다. 한참을 눈을 떼지 않고 책을 보던 둘째가 엄마도 언젠가 죽는 거냐고? 그러면 만날 수 없는 거냐고? 걱정과 두려움 가득한 시선으로 물어왔다. 사실이지만 그건 아주 오래 걸릴 일이니까 지금은 신나게 놀면 되는 거라고 대답해 줬다.

초등학생 3, 4학년 때쯤 친정 아빠는 사업의 실패로 술을 자주 드셨고 그럴 때마다 엄마랑 소란스럽고 때로는 아찔할 만큼 크게 싸우기도 하셨다. 그 무렵부터 아빠가 서먹하고 거리감이 느껴지는 존재가 됐다. 30대 초반까지 마음 한 곳에 부족하고 무능력한 아빠가 내 안에 무겁게 자리했었다. 그러다 의식 변화 교육과 심리학 도서, 강의 등을 통해 아빠는 그냥 가장 알맞은 나의 아빠임을 알게 되는 시절이 왔었다. 나의 유아기 시절 아빠는 다정하셨다. 뽀뽀를 자주 하셨는데 어느 날은 까끌까끌한 수염이 싫어 얼굴을 돌리니 뽀뽀할 때마다 행복이 1년씩 늘어나는 거라며 내 뺨을 붙잡고 열심히 입을 맞추기도 하셨다. 자전거에 언니와 나를 앞뒤로 태워 낚시하러 다니던 어느 날의 평화로움이 아직 나의 어딘가에 스며있다. 그렇게 저축된 추억은 이후 가족에 대한 방치와 소홀, 무책임함에 대한 보상으로 상환되면서 요긴하게 쓰였다. 그 추억이 없었더라면 아빠를 이해하고 쉽게 받아들일 수는 없었을지도 모른다.

'아홉칸집'에서 아이들과 같이한 모든 시간, 사소하고 반복되는 일상, 우리끼리만 아는 특징과 농담, 일주일에 한 번 치르는 의식, 때론 슬프고 조용한 어느 하루를 더 귀하게 여겨야겠다는 다짐을 아이들 숨 냄새와 표정을 보며 새긴다. 어느덧 친정 아빠는 걸음이 한참 느려질 만큼 할아버지가 되셨다. 무언가의 부재를 겪지 않고는 그것의 소중함을 깊이 알 수 없는 것처럼 좀 더 후회가 적고 더 깨어있는 사람이 되기 위해 사랑할 수 있을 때 부모님도 지금의 가족도 사랑하련다.

목조는 불에도 강해요

일곱 살 유치원생의 겨울방학이다. 둘째는 방학 전인 형이 올 때까지 엄마 옆에서 놀자고 서성거린다. 그러다 잠시 생각에 잠기더니 "엄마, 그런데 친구가 나무집은 불나면 잘 타서 사람들이 빨리 죽는다고 했어. 정말 그런 거야?" 하며 걱정 가득한 눈빛으로 나를 올려다본다.

'아홉칸집'을 인터뷰하거나 촬영할 때도 사람들이 묻는 말이었다. 그렇지 당연히 그럴 수 있지. 실제 나무가 불에 잘 탄다는 것은 상식이고 인류의 초기부터 에너지원으로 사용되었고 지금도 '불멍'이라는 것을 보며 나무가 불에 반응하는 걸 지켜보면서 낭만을 즐기니까.

실제로 얇은 판재는 불에 매우 잘 탄다. 그러나 잘 건조된 구조재나 굵은 목재 기둥은 표면에 불이 붙는 착화 온도가 훨씬 높으며 화재가 발생하여도 표면만 타고 목재의 내부는 탄화된 부분이 공기의 유통을 차단하기에 산소 부족으로 내부는 견디게 된다. 목재가 타기 시작하여 표면이 검게 되는 것을 탄화층이라고 한다. 이 탄화층은 열전달이 잘되지 않으며 산소가 잘 전달되지 않기에 타는 속도가 매우 느려지는 것이다. 그만큼 화재가 시작되어도 붕괴까지 시간 확보가 가능하고 또 나무가 타면서 유해 가스가 나오지 않아 질식사 위험도 적다. 궁금해하던 사람에게 "나무의 표면이 타서 내부까지 전달되는 시간이 걸린다. 그사이 대피 시간이 충분하다"라고 하면 밝은 표정으로 안심하는 제스처를 보인다.

친구들에게 아무 말도 못 한 둘째에겐 나름의 방식으로 사람이 쉽게 죽지 않는다는 설명을 해 주었다. 금세 표정이 부드러워지더니 놀기 시작한다.

어떤 공간에 머무르냐에 따라 우리의 정서는 쉽게 반응한다. 산속이나 확 트인 공원에 있으면 자유로움을 느껴 활기가 생기고 절이나 성당, 교회에 가면 자연스럽게 몸의 자세가 낮아지고 눈꼬리가 순해지는 것처럼 공간에서 느끼는 감각은 정서와 연결되고 그것은 어떤 특정한 행동으로 연결되어 진다. 맘껏 논 아들은 배가 고프다고 엄마를 부른다. 긴 방학이지만 '아홉칸집' 덕분에 잘 버틸 수 있을 듯하다.

건축은 좋은 인연을 만든다

지난주 무거운 택배가 현관 앞에 놓여 있었다. 끙끙거리며 주방으로 들고 올라와 열어 보니 대봉이었다. 짙은 주황색 빛깔에 자라면서 생긴 자연스러운 생채기의 검은 자국이 눈길을 머물게 했다. 꼭지로 바닥을 지지하고 봉긋 솟아올라 최선을 다해 자신을 뽐내고 있었다. 대봉을 보자마자 누가 보낸 것인지 바로 알 수 있었다. 양평에 사는 여자 건축주분이시다. 해마다 깊어져 가는 가을이 되면 전국에서 가장 품질 좋은 대봉을 선별해 보내주신다. 5년 전부터 받아온 선물인데 유난히 감정이입이 되었다. 옹골찬 그분의 마음이 대봉과 닮아있어서다.

13년 전쯤 〈스튜가 하우스〉에 집을 짓고 싶다고 찾아오셨다. 남편과 상담 후 진행하려다 집안에 슬픈 일이 생겨 무산되었다. 그러다가 5년 전 본격적인 집짓기를 시작하겠다고 해서 양평에 단독 주택이 지어지게 되었다. 양평 어느 동네에 경사가 심한 땅 모양을 자연스럽게 활용해 건물을 배치하고 멀리 강의 조망을 확보하여 지친 심신에 안온한 공간을 지어 주고 싶었다고 남편이 전했다. 설계, 감리, 시공까지 건축의 전 과정을 〈스튜가 하우스〉에서 맡았다. 그렇게 집이 지어지는 동안 남편이 대봉을 엄청 맛있게 먹었던 모습을 보신 이후 이 계절에 되면 우리에게 감동의 대봉을 보내주셨다.

집짓기를 꿈꾸는 사람들은 많지만, 실제로 집을 짓는 사람은 그리 많지 않다. 건축은 인간의 삶 그 자체이기에 집을 짓기 시작하면서 일어나는 여러 겹의 감정과 상황을 즐길 줄 알아야 한다. 나의 삶을 관통하는 기억, 감성, 가치관이 집을 통해 만들어진다. 그러므로 어떤 집을 선택할 것인지 고민하는 과정을 통해 나와 가족의 삶이 재구성된다.

남편은 슬픔을 겪은 그 가족에게 편안하고 부드러운 주택이 되기를 함께 고민했을 터이다. 온화한 햇살이 비추는 거실에서 사계절의 변화를 느낄 수 있도록 큰 창을 두었다. 거실 면적만큼 정면에 데크를 만들어 시각적인 확장도 이루었다. 침실은 최대한 간결하게 두고 모든 공간을 튀지 않게 하여 일상의 감각을 순하게 느낄 수 있도록 하였다. 사는 이를 배려한 건축은 살아갈수록 충족감을 준다.

오늘에서야 감사 전화를 드렸다. 연결되자마자 "아, 사모님" 하는 목소리에 〈스튜가 하우스〉에 대한 애정과 신뢰 그리고 그리움이 전달되었다. 전화 건 이유를 알아차리곤 감사 인사받기에 민망하다고 하셨다. 60대가 훨씬 넘은 다정하고 품위 있는 여인의 목소리에 마음이 뭉클해졌다. 색상이 바뀌고 벗겨진 데크가 맘에 쓰여 김 대표님께 도움 요청할까 하다가 주변 지인의 도움을 받아 해결했다며 바쁜 남편 상황까지 챙기셨다. 이곳은 너무나 평화롭고 좋다고 그래서 많이 건강해졌다고 나를 안심시키셨다. 그 말이 온몸으로 전달되었고 나는 잠시 침묵했다. 아름다운 말 앞에서 멍해졌다.

타인으로부터 깊은 사랑과 신뢰를 받은 사람은 순하고 선량해진다. 나를 애써 드러내지 않아도 되는 안도감으로 자신 안에 미처 발견하지 못한 보물 같은 선한 마음이 발현된다. 통화 내내 감동의 힐링이 일어났다. 인생에 뭐 다른 거창한 의미보다 서로에게 좋은 영향으로 건강한 기억을 남기는 일이 중요하다는 것을 알아차릴 수 있었다. 전화를 끊으며 양평 작은 마을에서 두 분을 위한 기도를 드리는 사람이 있다는 걸 가끔 생각하며 잘 지내시라고 마무리하셨다. 그 목소리가 오후 내내 공명하며 흐르고 있다.

집에서 친목을 다지고
네트워크 확장을 이루다

몇 해 전 일본의 작은 도시의 목재 회사에 방문한 적 있다. 제주도 오설록 앞에 목재로 된 다리(육교)를 짓는 프로젝트가 있었는데 그 디자인과 크기가 국내 가공 회사에선 불가능하여 찾아가게 되었다. 몇 번의 메일이 오가고 우리 부부가 방문일을 픽스하면서 일본행 비행기를 탔다. 짐을 찾고 출구를 나오자마자 회사 대표와 부장 그리고 통역을 위한 한국 유학생과 만날 수 있었다. 예의 바르고 잘 갖추어진 서비스가 오랜만이라서 약간의 긴장과 즐거움이 느껴졌다. 최고급 장어와 생선회로 점심을 대접받고 회사를 방문했다. 미리 보았던 사진과 정보보다 훨씬 건실하고 탄탄한 회사임을 실감했다. 필요한 이야기를 충분히 나누고 공장을 견학하면서 회사에서의 업무는 마무리 지었다.

저녁 식사 전 사장님 댁에서 차 한잔하자며 초대해 주서

서 이동하였다. 현관에서부터 마음을 산만하게 하는 요소는 전혀 없었다. 밝게 인사를 나누고 발이 닫는 곳에 슬리퍼가 가지런히 놓여 있었다. 사장님이 신고 있는 것과 같은 슬리퍼였다. 집 문턱에 서서 내부로 들어가는 통로에서 받은 따스한 대접이, 그 가족의 일원이 된 것처럼 같은 슬리퍼를 신고 있으니 왠지 모를 소속감과 단정한 마음이 생성되었다. 그날 현관에서 슬리퍼를 받은 특별한 기분이 손님을 맞이하는 태도를 배우게 되었다.

'아홉칸집'에서 살면서 집을 매개로 한 커뮤니티를 하게 되었다. 각자 사는 공간에 초대해 취미나 취향을 나누고 공간에 대한 담론을 가볍게 이어가는 모임이다. 모습만큼 자신이 원하는 집을 만들어 가는 방법은 다양했다. 식물과 꽃을 유난히 좋아하는 한 분은 예전 긴 외국 생활의 외로움을 식물과 꽃을 키우며 극복했다고 하셨다. 안방 큰 창문은 정원으로 이어지는데, 정원을 가로지르면 큰 나무가 있고 그 길 따라 숲길이 나와 울적하고 쓸쓸할 때마다 큰 창문 너머 숲에 드나들었던 기억으로 집 안 오고 가는 통로와 공간에 식물과 꽃을 가져다놓으셨다. 빈티지 가구 수입을 하시는 어떤 분의 집은 유럽 어느 가정집에 온 것처럼 묵직하고 우아한 멋이 깃들어 있다. 유럽의 동네 갤러리, 아트마켓에 다닐 때 그들이 소유하고 있는 오브제의 스토리와 자부심이 견고하여 그 사연에 대한 호기심과 궁금점을 나누다가 사업으로 이어지게 되었다고 하신다.

만난 모든 이의 공간에는 항상 사람이 중요시되는 가치관이 깔려있었다. 집은 삶의 동반자이자 사람처럼 자라고 줄어들고 변화하듯 집에는 개인의 내밀한 신념과 가치가 배어 있다. 집에 기쁨과 의미를 더하는 것이 무엇인지 스스로 정의 내릴 줄 알고 집안을 무엇으로 어떻게 채울지 즐겁게 고민한 흔적이 느껴졌다.

대개 집은 지극히 사적인 공간으로 여겨지지만 실은 인간관계를 가꾸어 가기에 더없이 좋다. 삶은 무수한 타인과 연결되어 있으나 그다지 만나지 못한다. 단조로운 일상의 동선은 정해진 사람들과 만남의 연속이었지만 '아홉칸집'의 생활은 다채로운 사람들의 삶의 궤적을 경험하게 한다. 각자 열심히 살지만 자기 한계와 고민을 안고 자연과 시간에 순응하는 존재로 살아간다. 신영복 선생님의 책『담론』[1] 속 "자기 변화는 최종적으로 인간관계로서 완성되는 것입니다. 기술을 익히고 언어와 사고를 바꾼다고 해서 변화가 완성되는 것은 아닙니다"라는 말씀처럼 누구를 만나 무엇을 경험하느냐가 인생의 많은 부분을 이룬다.

울적한 날 누군가와 함께 마시는 차 한 잔의 위로와 겨울의 어느 이른 저녁 따뜻하게 나누는 정성 어린 음식은 그 저녁을 얼마나 빛나게 해 주는지……. 나누는 대화는 풍성해지고 서로의 따뜻한 눈빛에 안도하면서 그렇게 좋은 추억과 관계가 스며들게 된다.

---

1. 신용복, 『담론, 신영복의 마지막 강의』 돌베개(2015), 289쪽

마당

'아홉칸집'은 앞마당을 줄이고 건물을 감싸고 있는 주변 곳곳에 면적을 늘려서 다양한 마당을 만들었다. 집을 중심으로 각각의 기분 좋은 작은 마당이 순환되는 동선을 만들어 놓았다. 전면 도로에 면한 개방된 앞마당은 마을 길의 개방감을 높이고 이웃과 북한산을 오가는 등산객들이 공유하는 공적인 마당이다. 그래서 담도 만들지 않았다.

마당의 크기보다 주어진 땅의 흐름과 기운을 거스르지 않게 건물을 배치하고 그에 따라 자연스럽게 앞마당, 뒷마당, 옆마당이 저마다의 특색과 분위기를 보여준다. 각각의 마당은 건물과의 관계에 따라 빛과 그림자, 날씨에 따라 그곳에 자라는 식생도 다르고 외부에 마감된 목재의 변화되는 빛깔도 다르다. 진입 마당은 주차장과 현관으로 들어가는 통로가 되며 집으로 걸어 들어가는 깊이를 느낄 수 있고, 앞마당 오른쪽으로 마당을 거쳐 거실과 연결되는 데크를 만날 수 있어 여러 동선을 유기적으로 연결된다. 어느 곳으로든 자유롭게 마당을 드나들 수 있고, 즐길 수 있다.

나는 울적할 땐 마당에 나가서 자연을 느낀다. 특히 비 온 뒤 온갖 냄새가 살아 있는 땅과 잔디의 젖은 모습이 좋다. 무심하게 놓인 돌들의 표면은 도자기처럼 반질반질 윤을 내고 있다. 옆마당에 있는 이끼는 풍성해지고 물을 머금은 꽃은 나에게 말을 거는 듯하고 바람은 너그럽게 나를 쓰다듬는다. 냄새조차도 저리 살아 꿈틀거리는데 내가 좀 더 힘을 내야지 하며 격려를 받는다. 마당에선 계절을 더 먼저 알아차릴 수 있다. 봄의 기운이 움틀 땐 새가 마당에 자주 드나들고 어느 늦여름의 더운 열기 안에 시원한 가을 바람이 배어 있고 늦가을의 바람이 흔들어 놓는 나뭇가지들의 몸놀림과 갈대의 움직임에 찬 기운이 스며있다.

이렇듯 다채로운 풍경과 경험을 제공하는 마당은 내외부 모두가 '집'이라는 공간을 느끼게 한다.

앞마당 옆마당 뒷마당이
순환하는 집(남편의 시선4)

　보통 설계를 시작할 때, 기본적으로 생각하는 주택 공간의 배치 개념은 건물을 되도록 뒤로 바짝 붙여서 볕이 잘 드는 큰 마당을 그리는 것이다. 다음으로 큰 마당이 훤히 보이는 쪽에서부터 거실, 식당, 안방을 배치하고 싶어 하는 게 일반적인 인식이다. 지금까지 수많은 주택을 이런 식으로 시공해 왔지만 한 번쯤은 건물의 외곽선만 짙게 남기고 내부를 흐릿하게 지워서 건물이 아닌 마당에 집중하여 그 모양과 쓰임새를 그려봤으면 하는 아쉬움이 있었다.

　우리 집을 짓기로 하고 고민할 때였다. 설계를 마친 앞마당의 면적이 의외로 작았다. 이럴 바에야 앞마당을 크게 만들려고 궁리하기보다 차라리 앞마당을 줄이고 건물 주변 곳곳에 숨은 마당의 면적을 늘려서 다채로운 형식의 쪽(틈새)마당을 만드는 것은 어떨까. 자칫 의미를 잃어버릴 수 있었던 공간에 각각의 기능적 의미를 더하면 어떨까 생각한 것이다.

예컨대, 겨울에는 볕이 잘 드는 앞마당에서 따사로운 햇볕을 즐기기에 제격이지만, 여름에 뒷마당이 있다면 그늘이 져서 좋을 것이다. 앞마당만 있는 집이라면 거실, 식당, 안방 모두가 앞마당에 면하려고 할 것이지만, 뒷마당 또는 좌우 마당이 건물을 둘러싸고 곳곳에 배치되어 있다면 각각의 실내 공간은 굳이 서로 앞마당을 차지하려고 하지 않아도 된다. 거실은 앞마당, 식당은 옆마당, 다용도실은 뒷마당을 각기 다른 분위기로 기획하면 된다.

나는 평소 친분이 있던 도미이 마사노리 교수님께 설계를 부탁드렸다. 아내는 자신이 원하는 평면 구성을 보고 마음에 들어 했다. 나 또한 내부 공간은 물론 외부 공간의 가능성이 마음에 끌렸다. 집이 전면 도로에서 뒤로 물리면서도 좌우와 뒤쪽 경계선으로부터도 떨어져 배치되어 있었다. 내가 평소 좋다고 생각하던 집을 중심으로 순환하는 마당 동선이 잘 정리된 느낌이었다. 전면 도로에 면한 앞마당은 가장 넓어서 동네 길이 시원하게 트이는 공적인 마당이고, 앞마당의 좌측은 주차장과 현관으로 들어가는 통로가 있어 집으로 걸어 들어가는 깊이를 느낄 수 있다. 현관에서 왼쪽으로 살짝 돌아가면 좌측 후면 마당이 나오는데, 다용도실과 주방으로 연결되는 서비스 마당이다. 다시 후면 경계선을 따라서 우측으로 이동하면 지하와 연결되는 작은 계단을 지나 우측 후면의 식당과 연결된 마당이 나타난다. 거실과 식당에서 외부로 확장되는 사적인 마당으로 제격이다. 다시 우측 대지 경계선을 따라서 전면으로 이동하면 2층 데크 하부의 필로티를 통과하여 몇 단의 계단을 내려서면 앞마당으로 연결되어 순환하는 마당이 완성된다. 그리고 앞마당의 거실 앞에는 수공간이 있고, 지하로 연결되는 계단을 내려가면 상부가 개방되어 공간에 채광과 개방감을 주는 창문이 있는 밝은 지하층이 되도록 계획되었다.

만약 앞마당을 크게 확보하기 위해서 건물을 후면 대지 경계선 가까이 밀고, 앞마당에 거실, 식당, 안방이 면하기 위해서 좌우 대지 경계선 가까이 건물을 길게 만들었다면, 앞마당은 마을 길에 면하여 이웃과 소통하는 개방성이 높은 마당에서 사생활이 보장되는 폐쇄적인 마당이 되어야 해서, 되도록 높은 담장이 필요하고 창문 크기도 신경 써야 한다.

마당을 쪼개어 각기 다른 역할의 순환하는 마당이 있는 집에 살아보니 생각보다 더 만족스럽다. 도로와 앞마당의 경계에는 담장은 물론 울타리용 낮은 조경수도 없이 잔디로만 되어 있고, 건물 가까이에 조경수를 배치하여 안이 들여다보이는 것을 살짝 가렸음에도 사적인 불편함이 없다. (물론 창문 배치의 절묘함도 한몫한다) 이웃과 북한산을 오르는 등산객에게도 개방된 공적인 마당이다. 우측 후면에 있는 식당에서 확장되는 마당은 데크를 경계선까지 깔아서 야외 탁자와 바비큐 그릴이 있고, 여름에는 아이들을 위한 작은 간이 수영장이 만들어진다. 이 마당은 전면 도로와 앞마당에서 트여 있으면서도 앞마당의 조경수, 2층 데크 하부의 필로티, 앞마당과 식당 데크를 경계 짓는 계단, 건물 등의 중첩으로 살짝 가려짐으로써 사적인 마당으로 손색이 없다. 식당 데크 마당과 다용도실의 서비스 마당 또한 계단과 지하층과 연결되는 작은 계단은 자연스레 2개의 마당을 구분하여 에어컨 실외기, 열회수 환기 장치의 환기 덕트, 허드레 물건이 나와 있어도 눈에 거슬리지 않는다. 그리고 아이들에게는 집을 돌면서 술래잡기하는 밝은 마당들이 되고 있다.

자연으로 돌아간다는 것

　새벽 5시 전화벨이 울렸다. 전화기 화면에서 엄마임을 확인하고 깊은 한숨을 내쉬었다. 불안한 예감은 늘 적중한다. "민주야, 준비해서 슬슬 내려와"라고 말씀하셨다. 중환자실에 계시던 아빠의 임종이 임박했음을 전하셨다. "아, 어쩌지?" 시린 공기가 가슴을 치더니 전화기를 잡은 두 손이 바닥에 힘없이 떨어졌다. 자는 아이들을 바라보다가 이것저것 챙기다 온기 남은 아빠의 손도 못 잡을 듯해서 남편에게 애들 일어나면 천천히 기차 타고 움직이라 하고 난 차를 몰아 포항으로 향했다. 두세 달 전부터 아빠는 음식을 소화하지 못했고 병원에 안 가겠다고 버티시더니 결국 쓸개 염증이 너무 심하다는 진단으로 절개 수술을 받으셨다. 예상보다 수술 시간은 길어졌고 그 이후부터 음식물을 받아들일 수 없으셔서 수액과 이유식보다 연한 음식 몇 수저로 생명을 이어가고 계셨다. 얼마 전 아이들을 데리고 친정에 갔을 때 아빠는 힘겹게 몸을 일으키셔서 아이들 이름을 또렷이 호명하시고 나에겐 미안하다고 하셨다. 그날을 아빠와의 마지막 기억으로 남길 수 없어서 정신을 차리고 눈물을 닦아내며 운전을 했다. 아빠가 계신 곳 1시간 반 정도 남았을 무렵 남동생에게 문자가 왔다.

"부고—차**님께서 선종하셨습니다."

아빠는 그 옛날 대학 공부를 하셨다. 그 시절엔 그 스펙으로 공무원, 학교 선생님 자격도 얻을 수 있었지만 7남매의 장남이었기에 돈을 넉넉히 벌 수 있다며 선택하신 사업이 목재 상사였다. 몇 년 전 '아홉칸집'에 오셨을 때 목구조를 보며 수종을 맞추기도 하시며 나무에 대한 친숙함과 애정을 보이셨다. 규모가 큰 회사의 등장으로 아빠의 목재 상사는 소외되었고 그로부터 수입이 많이 줄고 방황의 시간을 보낸 탓에 엄마에게 미안한 마음을 지니고 계셨었다. 돌아가시기 얼마 전부터 미안하단 말씀을 자주 하셔서 아빠가 더욱 애처롭다고 엄마가 우리에게 눈물 섞인 음성을 들려주셨다. 숨을 고르고 장례식장에 들어갔다. 결국 다시 손한번, 목소리 한 번 나누지 못하고 영정 사진을 마주해야 했

다. 어렴풋이 마음의 준비는 했으나 이별은 낯설고 놀랍고
고통스러웠다.

삶의 모든 마지막 순간은 죽음이라는 운명이 있다. 사람
은 모두 죽는다는 것, 나도 언젠가 죽을 테고 이렇게 아빠도
내 눈앞에 더 이상 계시지 않는다. 인간이라는 한 생명체가
태어나 어른이 되고 온갖 고통과 시련을 겪으며 살다가 덧
없이 사라질 줄 알면서도 자신을 다독거리며 자신의 일상을
살아내고 있을 테지. 나는 왜 태어났을까? 아빠는 보내신 이
의 뜻만큼 사시다 가신 걸까? 죽음의 다음은 무엇일까? 생
의 처음으로 죽음에 대해 진지하게 생각한 순간이었다.

청년 시절부터 가톨릭 신자가 되신 아빠는 일을 그만두
신 이후에는 늘 손에 묵주와 함께하셨고 친정도 성당 가까
이 있었다. 장례식은 성당에서 오신 분들의 끊이지 않는 애
도의 성가로 따뜻하기도 애잔하기도 했다. 아빠의 유골을
성당 지하 봉안동에 모시는 일로 장례식을 종료하고 집으로
돌아왔다.

며칠 만에 돌아온 '아홉칸집'엔 나무의 진한 향기가 풍기

고 있었다. 믿기지 않은 현실만큼 삶에 대한 애착이 올라왔다. 앞으로 어떻게 살아야 할지. 누가 시키거나 타인의 시선이 아닌 자기 나름의 방식대로 살아가는 것이 바람직하겠지. 무엇인가에 얽매이거나 주체적이지 않기에는 인생이 너무 짧다. 삶은 짧기에 자유로워야 한다. 즐겁게 일하고, 신나게 놀고, 깊이 사랑하고, 의미 있게 나누며 살아야 한다. 언젠가는 죽어야 하고 죽음이라는 미지(자연)의 세계로 돌아가야 한다면 살아가는 동안 기꺼이 해야 하는 일은 나라는 자아가 삶의 기쁨을 누리는 것일 거다. 내가 지금 하는 일은 나를 얼마나 채우고 의미를 주는지, 지금 바로 여기에서 나 스스로 충족감을 느끼는 활동을 하고 있는지 묻게 된다. '아홉칸집'에 살면서 누리는 것만큼 건축비 대출금으로 마음의 부담이 클 때가 있다. 그러나 카드값, 핸드폰 사용료 등을 매달 납부하고 사는 것처럼 대출금 이자도 그런 생활비용이라는 생각을 하면서 집을 짓고 사는 게 어떤 것 보다 일상의 윤택함을 주는 거라 여겨졌다.

목조주택의 건축 재료는 대부분이 나무이다. 목재는 이산화탄소를 저장하고 있다. 50년 남짓 '아홉칸집'이 무너질 때까지 이산화탄소를 묶어 둘 것이고 나무가 썩어 부패하여도 다시 흙으로 돌아가 건축 폐기물을 최소화할 수 있어 자연환경에 도움이 된다. 거대한 자연과 지구를 떠올리면 미비한 수준이지만 이런 사실이 '아홉칸집'에 사는 데 작은 자긍심과 안도감을 준다. 그러니 나 스스로 삶에 가치를 부여하고 만족하는 만큼 언젠가 내 육신이 자연으로 돌아갈 때 절망감 없이 갈 수 있을 것이다. 입관 때 단정한 모습으로 식은 아빠를 보면서 아빠에게 건넨 인사는 "아빠, 잘 돌아가계세요. 우리 또 만나요"였다.

깊이감 있는 거실과 계단실

코로나 이후 '어디에 살고 머무느냐'가 보다 큰 화두가 되었다. 집과 공간에 관한 관심은 다양한 TV 프로그램으로도 표출되었는데 '아홉칸집'도 몇 번 방송에 소개됐다. JTBC 〈나의 판타집〉 특집 방송으로 목구조 건축 관련 출연을 제의받아 촬영했다. 전문 방송인 장성규와 가수 이영지가 집으로 방문하여 반나절 이상 촬영이 진행되었다. 본방송이 나올 때 진행은 방송인 박미선이 하고 건축가 유현준이 패널로 참석해 적절한 건축적 해석과 표현으로 프로그램의 완성도를 높이고 있었다. 본방송을 지켜보는데 아홉 칸 현관에서 1층 거실로 영상이 옮겨 갈 때 진행자가 "분위기가 뭔가 묘하네요"라고 말했다. 그 말을 유현준 건축가가 받아 "아, 목구조 집이구나" 그러면서 한옥이나 목구조는 건물이 어떻게 지어지는지 그 과정이 보이기에 아름답고도 묘한 분위기가 나는 것이라고, 나무를 바라볼 때 나뭇가지와 줄기의 모습이 중력을 이기기 위한 최적의 형태를 띠고 있어서 나무가 아름다운 것이라고 했다. 마찬가지로 한옥이나 구조가 곧 마감인 목구조의 집도 조립된 나무의 모습이 중력을 이기기 위한 노력이 눈으로 확인되는 것이기에 그 안에 발을 들여놓는 순간 특별한 공간감이 있는 것이다.

건물 앞마당에 주차를 하고 블록으로 마감된 주차 공간을 걸어 현관 앞까지 다다른다. 현관을 열고 들어오면 나무 향이 우선 코를 자극하고 아담한 현관 입구에서 신발을 벗고 마루로 올라서면 오른쪽 벽과 같은 색상의 미닫이문이 있다. 그 문을 도르륵 열면 거실이 바로 보이지 않고 간접 조명으로 은은한 계단실이 나온다. 아홉 칸 중 한 칸의 면적을 차지하는 계단실의 실체가 확인된다. 가느다란 구조재를 하나하나 이어 연결된 계단은 지하 1층에서 4층 다락까지 이어지는 돌음계단이다. 아래에서 올려다보면 성냥갑 속의 성냥 같기도 하고 가지런히 열을 맞추어 적의 어떠한 공격에도 견딜 수 있도록 조직적이며 견고하게 구축된 그런 작은 요새 같기도 하다. 그 나무계단을 반 층 올라가면 한지로 마감된 양쪽 미닫이문이 걸음을 멈추게 한다. 문손잡이에 손가락을 끼워 놓고 문을 개방하면 천장이 높고 소파 없이 잘 비워진 거실이 한눈에 들어온다. 훤칠한 로비 같다. 난 이 순간을 좋아한다. 주차 후 이곳에 도달하기까지 세 개의 문을 통과해야 한다. 거리는 길지 않지만 공간의 깊이감을 느끼게 한다. 여러 가지 바깥 활동을 마친 후 걸어 들어오는 나를 온전히 받아주는 느낌. 외부의 잦은 갈등과 수고에 보상받는 기분. 원하는 곳 어디에나 머물거나 널브러져도 문제없는 곳이 되어준다.

보통 아파트 천장고는 2350~2400mm이고 '아홉칸집' 천장고는 2940mm이다. 500mm 이상 높으니 체감하는 공간감이 깊을 것이다. 거실에 집의 뼈대인 기둥과 보가 집을 지탱하는 모양이 시선에 들어오고 블라인드 대신 한지 창호 프레임도 목재로 되어 있으니 부드러운 질감과 빛깔이 〈나의 판타집〉 방송에서 말한 것처럼 묘한 분위기와 푸근함을 주는 듯하다. 거실의 미닫이문을 닫아도 완전하게 폐쇄되지는 않는다. 천장고와 문의 키 사이만큼 문의 위쪽에 공간이 생긴다. 문을 닫고 계단실에 있어도 거실 일부가 확인되어 계단은 층을 연결하는 단순한 건축 요소가 아닌 공간의 확장성이나 독립성을 유지하는 곳으로도 충분하다.

아이들을 등교시키고 돌아와 현관에서 거실로 들어가지 않고 2층으로 오르다 계단 한쪽에 등을 기대고 앉아버렸다. 집 안 청소, 회사와 대출금 납부, 아이들 방과 후 수업 확인 등 일상의 반복되는 일이 버거워 멍하니 긴 숨만 내쉬고 있었다. 그 순간 아빠가 몹시 그리웠다. 돌아가시기 전까지 엄마와 자식들에게 아프다는 소리 한 번 안 내시고 꾹꾹 인내하셨던 아빠의 넋 빠진 눈빛이 떠올라 깊은 슬픔의 눈물이 흘러내렸다. 초등학교 3학년쯤인가 엄마랑 도시락을 들고 아빠가 일하셨던 건축 현장에 간 적 있었다. 아빠가 도시락을 받으러 나오셨다. 짙은 회색빛 복장에 시멘트 가루가 묻어있고 무거워 보이던 워커에는 흙이 젖어 있었다. 나를 보고 활짝 웃어 보이셨지만 어린 나의 눈에도 아빠의 고된 노동이 느껴진 터라 씁쓸한 표정으로 얼굴을 마주했던 기억이 있다. 그 일을 오래 하시진 않으셨지만 그 기억으로 난 어린 이날이 되어도 생일날이 되어도 원하는 걸 조르거나 탐하지 않았다. 말수가 줄어드는 아빠를 더 이해할 수 있었고 돈 버는 일이 만만치 않다는 것도 어렴풋이 그때 깨달았다. 살면서 그 순간을 대부분 잊고 지내지만 어느 날 깊은 밤, 일상에 복잡한 일이 많아 잠 못 들 때 문득 그날의 아빠 미소가 생각난다.

나 역시 부모의 노동과 수고로 자랐다. 육체의 건강을 관리하고 주어진 일에 불평을 줄이고 해야 하는 일에 정성의 마음을 기울이는 것. 이 모든 생활 태도는 부모에게 습득한 것이 많을 것이다. 비워지고 열리고 때론 갇힐 수 있는 거실과 계단에서 호흡을 가다듬고 일어나 또 오늘을 살아간다. 육체의 생명이 다할 때까지 오롯한 정신과 함께 시들고 싶다는 생각을 해본다.

비 구경하면서

비가 오는 날은 거실 큰 창을 열고 비 오는 모습과 소리에 감각을 모은다. 떨어지는 강한 빗줄기는 햇살처럼 강렬하고 거실 앞 수공간에 쌓여 내려가는 물소리는 타악기 연주 같다. 비가 그친 뒤 연못은 물 위로 하늘을 보여주고 잔잔한 물의 진동도 보여준다. 난 그런 비의 여운을 즐기기 좋아한다.

좋은 집은 자연과 접촉면을 늘리고 바람, 햇살, 비처럼 인공적이지 않은 것들을 집안으로 끌어들이고 품을 수 있어야 한다고 생각했다. '아홉칸집'은 창이 많고 공간이 연결되는 구조로 되어 있다. 어느 공간이 한쪽으로 치우치지 않도록, 필요하면 열리고 닫히도록 유연성을 두었다. 이런 성격의 공간이 나의 성격에도 영향을 미쳤을 테지…… 2년 전 어느 봄날, 그날도 비가 왔었다. 머리가 복잡한 오후, 다락

천창 아래에 누워 비를 느끼고 있었다. 얼굴 위로 비가 떨어져 내려 소란스러운 나의 마음과 생각이 씻겨 내려갔으면 좋겠다 바라며 그곳에 누워있는데 20대부터 친한 언니에게 집 근처에 왔다는 전화가 왔다. 실은 서너 달 동안 언니와 연락이 되지 않을 때여서 황급한 마음으로 꼭 들리라고 하고선 언니를 기다렸다.

현관에서 마주한 언니는 다소 지치고 슬픈 안색이었다. 긴 세월 신뢰를 주지 않던 남편과 이혼한 지 몇 달이 지난 후였다. 그 남자는 여러 잡다한 이유로 법원에 나타나지 않아 이혼하기까지도 애를 먹었다. 언니 얼굴을 자세히 들여다볼수록 왜 연락이 잘되지 않았냐고 물을 수 없었다. 최대한 차분한 느낌으로 언니를 맞이하고 따뜻한 차를 끓였다. "뭐 하고 있었냐" 하고 입은 웃는데 눈은 울고 있는 표정으로 언니가 물어왔다. 내가 다락에 누워 비를 보고 있었노라 답하니 그곳에서 차를 마시자고 했다.

따뜻한 차에서 김은 모락모락 오르고 천창에 비는 떨어지고 언니는 무겁게 다리를 접고 앉았다. 몇 모금 차를 들이켜더니, "짐을 벗어버렸는데 생각만큼 후련하지 않고 살아

갈 힘도 같이 사라져서 아무것도 할 수 없었다"라는 야릇한 느낌의 말을 했다. 인간이 참으로 복잡하고 알 수 없는 존재라고! 나름 잘 준비한다고 했지만 아이들에게 이혼은 어느 날 부모 한 명이 생활에서 증발해 버리는 낯설고 고통스러운 일이 되어버렸다며 한탄했다. 가만히 듣고 있으면서 어떤 위로의 대답이 적절할까 궁리를 했지만 역시나 찾지 못했다. 자신이 겪어 보지 않은 슬픈 경험에 대한 표현은 궁하거나 비루하고 울림이 없을 테니까. 언니가 몇 달을 사람들과 연락도 하지 않고 이혼의 애도 시간을 보내야만 했던 것처럼 슬픔은 개별적이고 독립적이고, 예상했어도 느닷없는 일인 것이다.

언니는 조용히 듣고 있는 나를 보니 "민주야 네가 아이를 낳고 이 집에 살기 시작하면서 너랑 인생 이야기가 되었다"라고 재미가 섞인 고백을 했다. 사람은 어떤 공간에 머무느냐에 따라 정서적 반응이 달라지고 또 공간은 사람을 적극적으로 반응하고 행동하게 하는 특성이 있다.

'아홉칸집'의 큰 창과 다양한 창이 마음의 창에도 영향을 주었다. 창을 통하여 빛과 바람 그리고 사람이 드나들도록 유도한 것이 나의 성격에도 여유를 준 것이다. 삶은 행복, 슬픔 특별한 감정으로 구성되는 것이 아니라 그저 우리가 머무는 공간에서 만나는 사람들과 나누는 하루하루가 추억으로 쌓이고 쌓여 이루어지는 것임을 다시 깨달았다. 한결 편해진 언니랑 나란히 누워 멍하니 비 구경을 했다.

공간을 돌보는 일

승무 공연을 보았다. '승무'라는 단어를 들으면 학창 시절 배웠던 조지훈 시인의 「승무」가 떠오른다. '나빌레라'라는 단어는 조지훈 시인의 시 승무에서 처음 등장한 단어이고 나비 같다는 의미이다. 국가무형문화재로 지정되기도 한 승무는 인간의 기쁨과 슬픔을 높은 차원에서 극복하고 승화시킨 춤이다. 허공에 뿌려지는 긴 장삼과 머리에 쓴 흰 고깔을 특징으로 하는 춤이고 '승'이란 승려의 의미만이 아니라 대승적 차원의 나를 포함한 우리 모두를 뜻하며 인간의 춤, 우리의 춤이라는 뜻을 가진다. 승무는 단아하면서도 기품 있는 정중동 동중정의 정수가 잘 표현돼 한국 무용 중에서도 가장 예술성이 높다는 평가를 받고 있다.

한 마리의 우아한 나비가 무대에서 노닐고 있는 광경을 운 좋게 맨 앞자리에서 지켜볼 수 있었다. 승무는 생명이 나고 자라며 기운을 쌓아가고 다시 무의 세계로 돌아가는 순환의 과정을 10번의 장단 변화를 통해 풀어낸다. 고깔모자 속 표정은 읽히지 않는다. 움직임 속에 빨간 입술이 간간이 보일 뿐. 옹골차게 다문 빨간 입술과 하얀 긴 장삼의 너울거림. 그리고 부드럽게 물결치는 듯한 파랑의 치마가 은근한 자극과 감동을 준다. 느린 장단에서 빠른 장단으로 이어질 때 치마 속 발의 움직임은 바빠졌다. 상체의 움직임이 역동적이고 확장될 땐 발이 땅을 더 단단히 딛는 수고를 느슨히 하지 않았다.

그 나비는 역동의 움직임을 몰고 몰아서 북 앞에 당도한다. 휘몰아치는 기운을 집중시켜 북을 치기 시작한다. 부드럽고 작게, 연하고 순하게 치다가 당당하고 웅장하게, 화려하고 강하게 북소리를 낸다. 북의 울림이 나의 심장 박동과 일치하는 듯했다. 온몸이 부르르 떨려 양쪽 팔을 움켜잡으며 숨소리조차 가다듬었다. 마음 아주 깊은 곳까지 북소리가 전달되어 주르륵 눈물이 흘러나왔다. 아름답고 벅찼다.

동행한 친구와 공연이 끝나고 간단히 식사를 했다. 공연 전에는 마치고 와인과 곁들여 제대로 식사를 할 요량이었으나 감동으로 채워진 전율의 몸을 소화하는 몸뚱이로 쓰고 싶지 않았다. 친구는 나의 소감을 그대로 이해해 주었고 그 공연에 초대한 걸 참 잘한 일이라며 흡족해했다. 집에 돌아와 나의 공간에 자리했다. 2층 침실에 내가 글 쓰고 책 읽고 늘어져 있는 공간이 있다. 침대 옆 바닥에 앉은뱅이 작은 책상('서안'이라고 예전에 책을 얹던 책상)에 노트북과 필기구와 대여섯 권의 책, 이어폰, 커피잔, 충전기 등이 적당히 널브러져 있다. 바닥에는 촉감 좋은 이불이 깔려 있어 고단하면 바로 누워 버리면 된다. 승무 공연 전 무용수의 해설이 있었다. 춤을 추기 위해 먼저 마루를 닦는다고 했다. 돌아가신 선생님께 배우고 늘 마음에 새기게 된 것이라며. 닦는다는 것은 공간을 돌보는 것, 결국 터를 닦는 일이다. 춤추는 주체가 자신이 호흡하고 움직일 공간을 인식하고 교감하는 일인 것이다. 그 공간을 닦는 일이 반복적이고 지루하지만 그 행위가 곧 자신을 닦는 일과 다르지 않다고 전하셨다. 그 잔잔한 목소리까지 보태어진 거대한 춤 한판을 경험하고 난 뒤 이곳에 앉으니 태도가 달라진다. 요 며칠 넓은 거실이 때론 부담이 되고 정돈되지 않은 상태로 내버려 두려니 눈에 거슬리고 아이들에게 잔소리도 지겨워 이곳으로 자주 숨어 버렸다.

마음을 고쳐먹으니 몸이 가뿐했다. 이불 밖은 위험하다고 말하는 아이들을 살랑살랑 꾀어 창문을 활짝 열게 하고 창가 앞에 앉았다. 꽤 오래 앉아 있었는데 일어나기 싫었다. 차고 아찔한 겨울 바람에 나를 맡겨두고 싶었다. 싱그러운 바람이 부는 골짜기 같았다. 아이들은 이불을 끌고 와 온몸을 둘둘 말고 얼굴만 빼꼼히 내어놓고는 추워했지만 겨울 풍경을 구경하는 재미가 있었는지 자리를 뜨지 않았다. 가만히 생각해 보니 '아홉칸집'이 생기면서 품었던 바람이 떠올랐다. 사람이 꼬이는 집, 나무 향과 더불어 사람의 그윽한 향기까지 나는 집, 누구든 환영하고 좋은 목적이 있을 때 공유하는 집, 사랑으로 사람을 품을 수 있는 집. 감히 이런 걸 바랐었다. 생존을 위해 허겁지겁 달려야 할 일이 지금의 보통이지만 사람은 만나야 하고 사랑해야 하고 자연을 소중히 다뤄야 하는 존재이기에 그 가운데 좋은 공간이 필요하다면 기꺼이 함께하고 싶었다. 상상하니 제대로 사는 기분이 들면서 얼굴 전체에 화사한 웃음이 깃들었다. 아이들과 벌떡 일어나 청소를 시작했다. 그 무용수처럼 나는 거실 마루를 닦고 아이들은 계단을 닦았다. 마루를 닦고 공간을 가다듬으니 호흡이 가다듬어졌다. 깨끗한 공간에 좋은 공기가 순환되었고 내 생활이 단정해지는 느낌이 들었다. 공간을 닦고 가다듬는 단순하고 반복적인 일이 나를 살리고 사람과의 관계를 살리고 결국 사랑의 공간이 될 것이다.

나무의 시간과 함께

지금은 해야 할 업무와 책임이 늘어 계절 따라 여행이나 낭만을 찾는 일이 줄었지만, 결혼 전에는 겨울 끝자락의 공기에 봄의 향기가 묻어나고 봄바람이 불면 무척이나 마음이 일렁였다. 일은 싫어지고 가족은 부담스럽고 해서 바람이 나를 어딘가로 데려가 줬으면 했다. 어디든 상관없이 바람이 데려가 준다면 헛헛한 마음과 함께 바람을 따라 자유롭게 세상을 구경하고 싶었다. 그래서 시간이 허락되면 동해안을 드라이브하거나 경주의 저녁 바람을 느끼러 갔었다. 그런 시간이 채워져야 하루를 잘 마무리할 수 있었다.

뜨거운 여름 7월 말에 결혼식을 했었다. 소개팅 이후 결혼까지 소요된 시간은 넉 달 정도였다. 무엇이 그렇게 속전속결로 진행하게 했는지 선명히 설명할 순 없지만 그때 그 시절이 서로 결혼 운이 들어와 있었던 것 같다. 내가 하던 일의 마무리도 필요했고 같이 살 집도 결정이 안 된 터라 우리는 5개월가량 주말부부로 지냈다. 월요일부터 목요일까지 일을 하고 금요일 오전에 서울로 가서 아파트 몇 군데 보면서 주말을 보내고 돌아왔다. 여행하는 기분의 그 일상이 새롭고 서울살이에 대한 기대로 즐거웠다. 그러다 어느 주말 피곤해서 서울 가는 일을 미루고 있었다.

서울을 다음 주에 가겠다고 남편에게 말하니 포항으로 내려오겠다고 했다. 친정에 머물지 않고 경주 양동마을에서 지내기로 급히 결정하고 가을의 정취를 느끼며 마을로 향했다. 양동마을은 우리나라에서 가장 큰 규모와 오랜 역사를 지닌 대표적인 양반 집성촌이다. 여주 이씨, 경주 손씨. 양성이 서로 협동하고 경쟁하며 600여 년의 역사를 이어온 곳으로 마을의 규모, 보존 상태, 문화재의 수와 건축사적 가치, 유교적 정신 유산과 전통문화 및 아름다운 자연환경이 훌륭하여 1984년 국가민속문화재로 지정되고, 2010년 유네스코 세계문화유산으로 등재되었다.

마을에 들어서자마자 남편과 나는 감탄을 여러 번 했다. 황금색과 옅은 다홍색의 태양이 비추고 있는 마을의 풀과 흐르는 냇가의 물은 찬란했다. 빛바랜 붉은 슬레이트 지붕의 마을 상점은 다정함을 파는 곳처럼 느껴졌고 그 옆에 자리한 큰 수목은 딱 그 자리에 있어 미적인 풍경을 완성했다. 근사한 풍광을 따라 걸어 들어가자 우리가 묵을 단정한 한옥이 자태를 드러냈다. 묵직하게 삐걱거리는 대문을 열고 들어갔다. 일자로 된 단순하고 개방감 있는 마루가 한눈에 보였다. 부드러운 침묵이 흐르는 마당에서 서성거리는데 주인분이 앞에 나타나셨다. 50대 후반 정도의 보기 좋게 그을린 얼굴과 절제 있는 생활이 느껴지는 단단한 체구였다. 점잖은 목소리와 미소로 인사를 나누고 몇 가지 안내를 하곤 뒤돌아 나가셨다. 이 공간을 성실히 관리하신 분의 자부와 여유가 느껴졌다.

우리는 짐이 든 작은 가방을 마루에 올려두면서 걸터앉았다. 낮이 기울고, 가을의 화사한 빛이 살짝 누그러지며 만들어 내는 노을의 찬란한 흔적이 마루 한 편을 비추고 있었다. 누런 한지로 된 한실의 문을 열어 보면서 이 공간을 음미했다. 긴 시간 햇빛과 바람, 빗물에 색이 깊어지고 순해진 나뭇결의 문틀과 창틀, 세월의 풍파를 견뎌내며 부드럽게 갈라진 보와 기둥, 여러 사람의 체온과 상호 작용하며 반질

반질해진 마루의 결까지, 나무에 겸허한 마음이 일렀다.

'아홉칸집'에는 데크가 네 곳 있다. 지하에서 다락까지 층마다 목재로 마감된 데크가 있는데 그 네 곳의 목재 수종을 각기 달리했다. 사계절의 다양성과 자연의 환경과 조우한 후 드러내고 나타날 나무의 결과 질감이 궁금해서라고 남편이 말해 주었다. 그동안의 건축 경험과 그날 양동마을에서의 추억이 나무의 시간성을 더욱 자극하게 되었다고 한다. 모든 생명체가 숨을 쉬면서 살아가듯이 나무도 사람도 들이마시고 내쉬는 시간 속에서 변화하는 자신을 발견할 것이다. 그 과정에 감당해야 할 일도 생기고 균열도 일어나겠지……. 시간을 견뎌낸 것의 힘이 아름다운 빛깔과 주름을 만들 것이다. 나는 나무로 만들어진 '아홉칸집'과 긴 시간 호흡하며 천천히 친해지고 싶다.

숨에서 숨으로 이어지는 거실

도시 생활은 예측할 만한 작은 사건과 숱한 오해들에 익숙해져야 하는 삶이다. 언제 맞닥뜨릴지 모를 생경한 긴장에 몸을 떨고, 이따금 찾아오는 즐거움에 있는 힘껏 에너지를 쏟아붓다 피로감에 지쳐 기절하듯 잠들고 마는 일상을 보낸다.

날 선 감정을 안고 산다는 것은 안으로는 나를 긋고, 밖으로는 상대를 벨 수 있는 아슬아슬한 상태인데, 이 도시에는 자신을 다치게 하는 날카로운 감정을 품고 살아가는 사람들이 너무 많다. 익숙한 불안을 차근차근 대비하며 살아보려 하지만 그게 쉽지 않다. 이유는 일터를 떠난 후 주어지는 하루의 남은 절반을 잘 살지 못해서다. 퇴근 저녁이 여행처럼 설렐 수 있다면 그의 삶은 낮의 긴장에서 벗어나 한 인간으로서 존재하는 것, 그 자체의 행복을 느끼며 살 수 있지 않을까. 여행을 떠나는 이유는 설레고 싶어서다. 현실을 전

복시킬 수는 없어도, 단 며칠이라도 벗어날 수 있다는 확고한 계획을 세울 수 있어서 여행자는 설렌다. 그렇다고 한 달이 멀다 하고 여행을 다닐 수는 없다. 여행은 분명 인생의 빛나는 기쁨이긴 하지만, 가끔 떠나는 여행이 삶의 전반을 채우는 행복을 담보할 수 없다. 여행의 행복은 특별한 날, 오랜만에 맛보는 고급 음식점 요리 같은 거다. 삶을 빈틈없이 채워놓고자 한다면 여행의 행복 그 외에 자잘한 빈틈을 메울 것이 필요하다. 때때로 큰 기쁨을 주는 여행도 좋지만, 그 전에 일상에서 느끼는 작은 기쁨을 잊지 않는 게 정작 중요할 테다.

낮에 일하다 죽는 사람은 있어도, 일하는 게 기뻐 죽겠다는 사람은 웬만해서는 없다. 일에 의미를 부여하려는 노력 그 자체도 정신노동이고, 사람이 긍정적이건 덜 긍정적이건 이러한 노력 자체가 스트레스인 것은 부인할 수 없지 않나. 대낮은 밝은 만큼 숨을 곳도, 감출 곳도 없어서 힘들다. 자신을 은폐할 자기만의 공간에 문을 잠그고 들어갈 때 사람은 비로소 편안함을 느낀다. 그 공간이 바로 집이다. 집은 하루 중 반나절, 평생의 절반을 온전한 자기로 되돌리는 유일한 공간이다. 그래서 집은 단순히 '사는 곳'이라는 추상적인 목적을 넘어서서, 집 자체로 삶의 목적이 되는 경험을 나 자신에게 선사해 줄 수 있어야 한다.

집은 없어도 될 것을 제외한 나머지 것만을 허용하는 게 좋다. 퇴근 후 돌아왔을 때 낮의 혼돈을 정리하고 나라는 존재를 깊이 알아차리기 위해서 나는 집에 텔레비전을 들이지 않았다. 온종일 외부에서 흘러드는 정보를 처리하느라 한시도 나를 돌아볼 새가 없지 않나. 스스로 생각하지 않고, 남의 생각을 소비만 하다 보면 마음에 허기를 느낀다. 그 공허를 채울 방법을 몰라 또 텔레비전 앞에 앉아 예능에 빠진다.

집에서 가장 중요한 공간은 거실이다. 거실은 사람 몸으로 치자면 폐에 해당한다. 몸과 마음을 정화하고 회복할 수 있는 공간이다. 따라서 거실은 영적인 공간이라 말할 수도 있다. 집을 설계할 때 현관 안으로 들어서도 바로 거실이 보이지 않도록 했다. 현관은 외부 세계(세속적인 세계)와 내부(정신적인 세계)를 잇는 통로다. 외부에서 곧장 내부로 들어서지 못하도록 현관과 거실 사이에 얕은 9계단을 놓아 지상 1.5m 높이에 거실을 만들었다.

계단을 오르면 한지로 마감된 미닫이문이 양쪽으로 열린다. 집은 정신이다. 정신은 고요하고, 자연적이며, 따뜻한 것을 좋아한다. 반면 도시는 이성적이고 효율을 우선으로 하는 합리적인 철근 콘크리트의 외피를 입었다. 도시 내부는 LED 형광등으로 환하다. 밝으면 밝을수록 도시의 생산성은 올라갈지 모르지만, 개개인의 외로움은 깊어지겠지. 낮이건 밤이건 형광등이 숨기고 싶은 표정과 감정까지 드러내 버리니, 퇴근 후까지 형광등 아래 지내게 되면 내가 나로서 온전히 쉴 틈은 정말 사라지고 만다. 생각해 보라, 집에서도 일한다는 감각으로 쉰다는 것은, 쉬어도 쉬는 게 아니다. 몸은 쉴지라도 머리는 쉬지 못하는 것이다. 집은 몸뿐만 아니라 머리의 쉼을 위해 불필요한 것을 적극적으로 제거해 주어야 하는데, 형광등 아래 살면서도 이 문제를 전혀 눈치채지 못한다. 내가 왜 힘든가에 대해 스스로 물어볼 생각도, 의지도 없다. 그러니 삶이 피곤할 수밖에.

자연광이 창을 비집고 들어와 한지를 타고 넘으며 부드럽게 번지는 빛깔은 보는 것만으로도 마음이 노곤하다. 신호와 소음이 차단된 열린 공간에 빛과 나무 그리고 창으로 들어오는 바람에 몸을 내맡기고 있자면 햇살 풍성한 물속을 들여다보는 것처럼 투명한 내 마음이 느껴진다.

집은 들어오자마자 모든 걸 내려놓고 털썩 주저앉을 수 있어야 한다. 멍하니 있으면, 내 안에서 어떤 소리가 들려온다. 더 잘 들으려고 의식을 집중해서 귀를 기울이면 마음속 말들이 참을 수 없는 재채기처럼 터져 나온다.

일과 후 음악을 튼다. 창밖을 바라보며 귀 기울이면, 오늘도 어김없이 집은 일이 아니라, 일에 얽힌 인간을 생각하게 한다. 소유가 아닌, 소유하는 것의 의미를 고민하게 한다. '무엇을'이 아닌 '왜'를 되짚어 확인하도록 내 의식을 일깨운다. 집은 살아 있는 정신이고, 거실은 내 숨과 이어진 숨이다. 그 안에서 나는 나를 위해 나를 바라봐 주는 쉼을 누린다.

마당의 경험

전에 살던 아파트 전세 계약 만기가 임박하여 마당 공사를 시작도 하지 못한 상태로 이사를 해야 했었다. 그야말로 흙 위로 건물만 우두커니 서 있었다. '아홉칸집'은 건물을 대지에 자리잡을 때 본디 가지고 있던 땅의 형태와 높이를 보존하였기에 건물과 인접한 골목에서부터 현관으로 진입할 때 경사가 이루어져 있다. 비가 오는 날이면 진흙 속을 걸어야 하기에 걸음도 무겁고 신발로 인해 현관이 금세 흙투성이가 되었다. 어떤 곳은 작은 웅덩이마저 있었다. 꿈에 그리던 단독 주택으로 이사 왔는데 외출 후 귀가하면서 외부에서 바라보게 되는 모습이 썩 마음에 들지 않았다. 단독 주택을 짓고 있다고 주변 사람들에게 꽤 나불거리고 다녔는데 이런 외관을 첫 시선으로 마주치게 하고 싶지 않아 누군가가 방문하면 차 앞까지 배웅을 나가 현관으로 잽싸게 들어오도록 유도했었다.

어느 가을비 오던 날 한지창을 활짝 열고 수공간에 비 떨어지는 걸 구경했다. 물 위로 떨어지는 빗줄기는 원을 최대한 그리며 사라지고 다시 그 옆에 원을 받아내며 화합을 이루었다 흩어졌다 하는 춤사위 같았다. 더 가까이 들여다보려고 방충망까지 열어젖히고 아무것도 가리지 않은 상태에서 비를 보고 냄새를 맡았다. 신선한 향이 섞인 비의 비릿함이 마음을 촉촉하고 차분한 상태가 되게 했다. 어느새 싸늘한 공기가 피부에 닿더니 빗줄기가 점점 강렬해지고 있었다. 일어나 창을 닫고 있는데 아이들의 하원 차가 막 도착하고 있었다. 아이들은 내리자마자 비를 피할 겨를도 없이 군데군데 젖어 버리더니 에라 모르겠다 하며 질퍽질퍽한 땅을 발로 짓누르고 흙탕물을 튀기기 시작했다. 아이들은 비를 맞으며 환호했고 그런 아이들의 명랑함을 지켜보다가 어느새 나도 합류했다.

어린 시절 우리 엄마의 완고한 교육 철학 중 하나가 비가 오는 날 학교 앞에 우산을 들고 가지 않는 거였다. 그 시절 한 강의를 들었는데 우산을 들고 학교 앞에 기다리지 않는 것이 자립성 확립에 도움이 된다는 내용이었다. 그래서 하교 때 비가 오는 날이면 난 어김없이 비를 맞고 집에 왔어

야 했다. 때론 불만을 토로하고 서러워도 했지만 매사 부드
럽고 너그러우신 엄마는 그 부분엔 확고하셨다. 그래서 나
는 비 맞는 게 학습이 되어 있다. 내친김에 장화를 꺼내 와
서 본격적으로 마당을 뒤집으며 이리저리 돌아다녔다. 어
린 시절 맨발로 장화 신는 걸 좋아했다. 맨발로 장화를 신으
면 흙의 감촉이나 비가 고인 그 촉감이 발로 그대로 전해져
서 뭔가 아릇하고 편안했다. 비를 온몸으로 겪어본 경험이
되살아나는 듯했다. 어린 시절 비를 맞고 돌아올 때 사람들
이 안쓰럽게 쳐다보는 듯해서 서둘러 집으로 돌아오곤 했는
데 단정하게 정비가 되지 않아도 내 마당에서 타인의 시선
이나 잣대로부터 자유로운 이날이 참 재미있게 느껴졌다.
아이들과 나는 제대로 젖어 버린 옷을 현관에서 벗고 샤워
실로 뛰어들었다.

집을 지을 때 툇마루를 갖고 싶었다. 서정적이고 감상적
인 영화에 자주 등장하는, 순수한 소녀가 비 오는 툇마루에
앉아 멍하니 낭만을 만드는 장면. 언제부터인지 모르지만
그 장면의 주인공이 되고 싶었다. 지금의 나랑은 참 안 어울
리지만. 어쩜 그래서 욕망으로 남아 있었는지도……. 하지
만 공간의 배치를 고려하다 보니 마련하지 못했다. 툇마루

는 외부에 개방되어 있으면서 안방과 건넛방, 부엌 등의 동선을 연결해 주는 역할을 하며 밖에서 안으로 들어갈 때 잠시 걸터앉아 옷도 털고 신발도 정리할 수 있는 생활의 완충 공간이다. 이건 전통 한옥에서의 툇마루이다 보니 실내 한옥의 요소를 끌어드린 '아홉칸집'에 만들기가 어쭙잖았다.

그 대신 마당 공사를 할 때 건물 측면의 출입구 데크에서 거실로 연결되는 공간을 만들었다. 마당에서 걸어 들어가 두 계단을 딛고 오르면 나무 데크로 닿는다. 데크의 일부는 위층의 베란다 아래쪽이라 하늘이 가려지고 다른 공간은 바깥과 연결되어 있다. 거실에서 큰 한지 창호를 열면 거실의 연장처럼 그 나무 데크가 마루처럼 펼쳐진다. 거실과도 연결되고 마당에서도 실내로 이어주는 이곳이 꼭 툇마루 같다. 햇살 좋은 날, 바람이 짜릿한 날, 먹구름이 잔뜩 끼어 분위기 있는 날, 난 이곳에 맨발로 나가 선다. 발바닥으로 느끼는 데크는 나무의 피부 같아 생동감 있어 좋고 들고 나간 커피는 생명수처럼 달다. 그곳에 발을 딛는 순간은 계절과 접촉하며 세상을 구경하게 하는 순간이다.

봄에는 마당의 계절답게 더 자주 나가 놀았다. 추위를

견디고 나오는 나무와 풀의 신록은 연하고 보드랍고 싱싱하다. 난 그 광경을 매우 좋아한다. 4월의 봄에는 그 생명력에 감탄하느라 여념이 없다. 겨우내 훌쩍 자란 동네 아이들 얼굴도 자주 마주치고 이웃의 반가운 인사에도 뭉클함이 일어난다. 여름엔 또래가 있는 집마다 돌아가며 미니 풀장을 만들어 물놀이를 즐긴다. 한 번 받은 물을 최대한 활용하고 버리게 하는 것이다. 가을 마당을 느낄 때면 나는 진심으로 운이 좋은 사람이란 걸 인정하게 된다. 흙으로 너저분했던 마당이 지금의 조경을 완성하고 난 뒤 가장 맵시가 나는 때가 가을이다. 무심히 흐드러지게 흔들리는 그라스 식물은 행복을 예감하는 퍼포먼스 같고, 타오를 듯 붉은 단풍은 내 안에 갇혀있던 창조성을 일깨운다. 고요하고 차분한 겨울의 마당은 선비 같다. 요란하고 무성했던 여름, 가을을 지나 무채색으로 가라앉은 모습이 화려함은 없지만 기세는 당당한 선비를 닮았다. 겨울 마당에선 목소리를 낮추고 발걸음도 조심조심한다.

주택에서 사는 큰 기쁨 중 하나가 마당이다. 북한산 자락 아래 사는 이곳에서만 만끽하는 풍경과 마당의 경험은 꽤 살만한 지금을 선사한다.

이 땅은 우리 편이었어!

　20개월 된 둘째를 어린이집에 등원시키고 영혼이 탈출한 표정으로 걸었다. 엄마들이 가장 총력을 기울이는 시간이 아이들을 등원시키는 때이다. 일어나 씻기고 밥을 먹여야 한다. 흔히 계란후라이에 참기름, 간장 조합으로 비벼주거나 심심한 된장국에 밥을 말아준다. 첫째는 유치원생이어서 아파트 단지 앞으로 버스를 태우러 나가야 한다. 둘째를 내복 차림으로 엎거나 안고 뛰어서 첫째를 버스 태우면 한숨 돌리고 둘째 밥을 마저 먹이고 보송보송한 기저귀로 갈아입히고 양말, 신발까지 신겨 어린이집에 보내면 절로 숨이 입에서 터져 나온다. 이 긴장감 있는 일을 거의 매일 해낸다. 그러니 아이들을 등원시키면 영혼이 빠져나갈 것 같은 표정을 짓는 게 마땅하다.

　은평 한옥마을이 조성된다는 소식이 있었다. 북촌, 서촌에 이은 새롭게 만들어지고 있는 한옥 단지이다. 여유로움과 도심 속 전원을 한껏 느낄 수 있고, 국립공원 북한산, 진관사와 어우러진 역사 문화 마을이라는 슬로건으로 토지를 분양했다. 은평 한옥마을은 개인에게 한옥만을 지을 수 있게 토지를 분양해서 소유주의 취향에 따라 한옥마다 모양과 나무색이 달라서 보는 즐거움의 기회가 주어진 것이다. 그런데 시간이 지남에 따라 토지 분양의 수요가 남아서 계획을 바꾼 것이 마을의 반 정도는 일반 주택 토지 분양으로 변경되었다. 한옥에 흥미가 없고 각자의 개성과 라이프스타일에 맞게 건축할 수 있는 사람들에게 새로운 기회였다. 동네에 지인이 지나가는 말로 남편이 건축업을 하는데 관심 없냐고 물어도 남편과 나는 주택은 도심에서 적당히 떨어진 이웃으로부터 독립된 곳에 지어야 하지 않을까 하는 막연한 마음에 관심이 그다지 없었다. 둘째를 등원시키고 영혼이 탈출한 표정으로 걷고 있던 그날, 그 한옥마을 내 일반 주택에 집 짓고 사는, 나보다 몇 살 어리지만 결혼은 선배인, 은주랑 연락이 닿았다. 같은 아파트 단지에 살아 얼마 전까지 오다가다 마주치면 인사 나누는 정도였는데 이곳에 집을 지어 이사한 터였다. 은주네 뒷집에 주택을 건축하고 있었는데 시공을 남편 회사가 맡고 있었다. 건축이 진행되는 동안 몇 가지 주의 사항과 부탁을 전하고 싶어 했다. 동네에 새로 오픈한 빵집에서 갓 구운 크루아상과 버터와 팥이 한가득 들어있는 빵을 사 들고 은주네 거실에 들어섰다. 반가운 얼굴로 인사하고 필요한 얘기를 서로 나누고 커피를 준다기에 우드슬랩으로 된 긴 식탁에 앉았다. 주방 옆으로 나 있는 창밖의 풍경을 잠시 바라보는데 뭔가 어렴풋하지만 강렬한 느낌이 전달되었다. 그러면서 대뜸 "은주 씨! 이 동네 남은 땅 있는 거 알아요?" 물으니 분양 지도를 가져와 브리핑하기 시작했다. 일반 주택 105필지 중 남은 토지는 현재 5개라고, 3개의 위치는 요양병원 앞이어서 조망권이 침해받고 있고 하나는 이미 완공된 건축물 사이에 끼어 있는 토지였다. 나머지 하나는 위치도 방향도 그다지 문제가 없어 보였는데, 재개발 당시 원주민 한 분이 끝까지 나가지 않고 자리를 지키고 있었는데 그 원주민 집 바로 앞 땅이었다. 소문에 주인아줌마가 보통이 아니라서 여러 사람이 이 땅을 탐만 내다 결국 만나보지 않고 지레 겁먹어 남은 땅이었다.

그날 집에 돌아와 잠들지 못했다. 생뚱맞게 낯선 동네도 아니고 북한산 아래 공기도 좋고, 건물을 지어 사무실을 지하에 두면서 월세를 이자로 대신하면 안 되나 하며 그 땅을 갖기에 합당한 이유가 계속 떠올랐다. 다음날 남편과 동행하면서 너무 좋은 기회일 거라며 갖가지 애교와 절실함을 들이댔다. 남편 표정이 밝았다! 며칠 이런저런 현실적인 이야기를 나누고 뒷집아줌마도 본인이 잘 감당해 보겠다며 결심을 했다. 돈은 뭐 은행에서 빌려주겠지 하고 쾌재를 부르며 금요일 오전에 분양 담당자에게 전화했다. 관심과 문의는 많았는데 선뜻 계약되지 않은 땅이 해결된 듯한 반가운 기색으로 여유 있게 계약서를 월요일에 쓰러 오라고 안내하고 전화를 끊으셨다. 어린이집에서 하원한 둘째를 돌보느라 분주하던 차에 분양 사무실에서 전화가 왔다. 내용인즉슨 다른 사람이 당장 그 땅을 계약하러 온다며, 계약하려면 서둘러 오라는 것이었다. 그래서 계약금을 우선 보내겠다고 하니 돈이 아니고 계약서 작성이 먼저라고 했다. 아! 어쩌지? 아이를 데리고 한 시간 남짓한 거리를 운전할 생각에 아득했다. 남편에게 전화했더니 중요한 미팅을 하러 이동 중이라고 했다. 더 중요한 일이니 달리라고 숨넘어가듯 독촉했다. 알겠다며 약속을 취소하고 가겠다고 했다. 맘이 놓이지 않았다. 평소 행동이 더디고 진중한 남편이 떠올라 숨은 갑갑하고 발은 동동거려졌다. 애가 타고 있는데 전화가 울렸다. 엘리베이터에서 내려 담당자 책상 앞에 앉으니 계약하겠다던 다른 사람이 뒤에서 다가왔다고 했다. "우와! 대단하다, 정말 잘했다며, 1분만 늦었어도······" 하며 흥분된 목소리를 냈다가 가라앉히며 남편에게 계약서를 쓰라 하고 우선 통화를 종료했다. 난 안도의 한숨을 시원하게 내쉬고 마음으로 전율했다. 이렇게 드라마틱한 순간을 통과해 우리는 이 땅의 주인이 되었다.

EBS 〈건축탐구-집〉

　　EBS 〈건축탐구-집〉은 집과 사람, 공간에 관한 이야기를 담은 다큐멘터리이다. 출연 제의를 받고 며칠 고민 끝에 촬영을 결정하였다. 그전에 몇 번 했던 방송 촬영의 고단함이 생각나 고민했다가 프로그램이 좋아 마음을 먹었다. 촬영은 3일간 진행되었다. 첫째 날 임형남, 노은주 건축가 부부가 오셨는데, 남편을 보자마자 너무 반가워하시며 뵙고 싶었다고 밝은 인사를 건네셨다. 목조건축에 애정과 관심이 크신 터라 할 이야기, 궁금한 요소를 우등생처럼 질문하고, 건축가의 풍부한 경험과 시선으로 건축적 해석을 들려주셨다. 부드러운 목소리, 웃는 얼굴, 다정한 표정과 자세가 참 편안하고 안락한 느낌이었다.

　　오후까지 촬영은 이어졌고 나는 돌아오는 아이들도 챙기고, 사이사이 업무도 봐야 해서 피로감이 느껴졌다. 그리나 두 소장님 그리고 카메라 감독, 피디, 조연출 어느 누구도 처지는 표정 하나 없이 본인의 주어진 일을 잘 해내고 계셨다. 이틀, 사흘째까지 5명의 스텝은 아침 9시면 집으로 방문했다. 무거운 카메라를 몸의 일부처럼 함께 움직이며, 장소마다 조명과 장비를 세팅하는 모습을 물끄러미, 자주 바라볼 수밖에 없었다. 5명 모두가 각자의 위치에서 자신의 본분을 다하고 있었다. 스스로가 놓친 일이 다른 이에게 불편을 줄 거란 것을 알고 있어 5명이 하나의 레일처럼 연속적으로 부드럽게 움직였다. 그 움직임엔 긴장은 없고 애정과 배려가 켜켜이 쌓여있었다.

나는 카메라 앞에 선 내가 어떻게 보일까만 생각했는데. 카메라를 통해 한 사람, 한 사람의 생활과 표정을 며칠째 보고 있는 저들이 어쩜 나보다 더 나를 잘 보고 있겠구나! 우린 찾고자 하는 것만 발견할 수 있다는 말이 있다. 그 말은 우리가 찾으려 하지 않는 것에 대해 영원히 무지할 수 있다는 얘기이다. 내가 본다고 하는 것은 내 믿음과 내가 보길 원했던 것만 선택해서 본 것이었을 텐데, 그들은 렌즈를 통해 편견 없이, 판단 없이 그냥 대상을 바라봐 주고 있던 것이다.

그 시간이 그들의 태도를 만들고 서로서로 보호하고 의지하게 한다. 긴 촬영 동안 그들은 담백하고 진지하고 진솔했다. 사람은 혼자 있을 때 보다 같이 있을 때 어렴풋하게라도 강해졌다고 느끼고 다른 사람을 도울 때 다른 사람 안에서 자기 자신을 발견한다. 그 순간 자신을 꽤 괜찮은 존재라고 느끼는 것처럼 사람을 통해 자신을 목도하는 것은 참 중요한 일이다.

문

문門과 창호窓戶는 건축의 기본적인 시설물이다. 문은 집에 드나들기 위한 것이고, 호는 집 내부의 방과 방 사이의 출입을 위한 것이다. 또한 창은 집의 내부로 빛을 받아들이고 공기를 순환시키는 역할을 한다. 그러한 문과 호와 창은 혼용되어 쓰이고 있는데 방에 달린 호는 방문이라 하고 한국 전통 건축에서는 창과 호는 결합하여 창호라고 혼합하여 쓴다. 한옥은 개구부가 많아 문과 창을 엄격하게 구별하기가 어렵지만 이러한 문과 창은 모든 건축물의 필수적이고 유일하게 움직이는 구성 요소이다.

문의 상징적인 의미는 외부와 내부를 분리하며 동시에 연결하고 더 나아가 사적인 것과 공적인 것의 통로가 된다. 이를테면 궁궐의 문들 각각의 의미와 역할을 부여받았는데 왕만이 출입하는 어간대문과 신하들이 드나드는 협문이 그

것이다. 주택과 궁궐뿐 아니라 사찰의 문은 더욱 상징적인 의미가 있는데 문 옆에 벽이나 담장과 같이 지형을 나누지 않고도 부처의 세계와 속세를 나누는 경계의 역할을 분명히 한다. 보통 대형 사찰에는 대웅전을 향해 금강문, 천왕문, 불이문과 같은 문들이 차례로 있는데 '아홉칸집' 근처에 있는 국가무형문화재인 수륙재로 유명한 진관사는 일주문一柱門만 입구에 있다. 이 일주문 옆에는 벽이 없고 덩그러니 문 하나만 있다. 그 문을 처음 보았을 때 예전 호수 위 암자를 배경으로 하는 영화가 떠올랐다. 주산지 호수 안쪽 깊은 곳에 암자가 있고 그곳에 가기 위해서는 나무 쪽배를 저어가야 했다. 그곳을 이어주는 나무배는 물가에 벽 하나 없는 문에서 시작하고 주인공의 인생 이야기도 이 문을 통해 나가면서 또 들어오면서 이어져 나간다.

이 영화의 인상이 어딘가에 각인되어 있는지 처음 이 절 입구에 있는 그 문 앞에서 왠지 모르게 주저하였다. 저 문을 통과하면 어딘가 다른 세계로 가게 될 것만 같은 두려움에 망설이며 머뭇거리다 문 옆으로 비켜 절에 오른 기억이 있다. 그리고는 자주 절에 올라갔지만 갈 때마다 그 앞에서 서성이던 나를 발견했다. 어느 한날은 그 문 앞 작은 바위에 앉아 사람들을 관찰하기 시작했다. 산책하기 좋은 도심에 있는 진관사는 드나드는 사람들이 적지 않은 곳이다. 이야기가 한창인 커플이나 사람들은 문 앞에서 걷던 걸음을 멈추지 않고 통과했고 혼자이거나 왠지 쓸쓸하고 고독해 보이던 여러 사람은 걸음을 멈추고 문을 물끄러미 올려다보다 느긋한 발걸음으로 걸어 들어갔다.

초등학교 시절 우리 집엔 식구가 많았다. 부모 형제 여섯 식구 그리고 외할머니와 사회 부적응자 삼촌까지 한집에 살았다. 며느리와 사이가 안 좋던 외할머니는 일 년에 몇 달은 만만한 딸과 점잖은 차 서방이 사는 우리 집에서 지내셨다. 기간이 정해진 것이 아니고 갈등이 생기면 불현듯 우리 집에 오셨다. 나의 외할머니는 너그럽지 않으셨고 나이가 드셔서 성질이 고약하고 옹색해지셨다고 엄마가 이해를 바라는 마음으로 전하셨지만 좁은 집에서 나는 몸도 마음도 고달팠다. 거기다 삼촌은 며칠에 한 번씩은 만취한 상태로 방 하나를 차지하고 쓰러져 잠들어 있었다. 학교를 다녀오면 집에 들어가는 문을 열 때 긴장과 두려움이 있었다. 할머니의 고무신이 보이거나 삼촌의 구겨지고 낡은 신발이 먼저 눈에 들어오면 어쩌나 싶었다. 낡고 초라했던 우리 집은 출입구가 옆으로도 있어 어느 날은 방문 앞에서도 긴장과 초조함을 유지해야 했었다. 그렇게 외할머니 삼촌이 있던 날은 가방을 조심스레 두고 골목으로 걸어 나왔다. 긴 골목으로 이어진 길을 정처 없는 마음으로 걷다가 2층 양옥집이나 제대로 된 대문이 있는 집을 보면 부러움에 몸이 떨렸었다.

'아홉칸집'을 설계할 때 남편이 문의 형태를 결정하면서 나의 의견을 물었다. 문이 닫혀 있어도 형태와 소리가 투영되는 한지가 드리워진 문을 선택했다. 한지 문은 빛, 어둠, 그림자 따위를 쉽게 분별할 수 있었다. 진관사 문 앞에서 두려움으로 서성이던 나의 무의식이 그것으로 치환하고 싶었음을 깨달았다.

동네 산책의 위로

늦잠을 잤다. 여전히 아이들은 방학이라 집안에서 들썩거리며 소란스럽다. 이불을 다시 목까지 바짝 올리고 나른함을 즐겼다. 빛의 낮은 조도와 부드러운 느낌이 소란스러운 소리로부터 분리되는 것 같았다. 핸드폰을 집어 들고 좋아하는 피아노곡을 틀고 게으름을 피웠다. 학창 시절 일요일 아침의 기억이 순식간에 밀려닥쳤다. 일요일 오전에는 성당에서 학생 미사가 있었다. 또 그 시절 마음 설레며 기다리게 했던 〈들장미 소녀 캔디〉가 방영하기도 했다. 아빠에겐 가톨릭 미사는 중요한 일이었다. 난 안소니와 캔디의 로맨스에 빠져 일요일 아침마다 성당과 캔디 사이에서 갈등했다. 아빠는 권위를 가득 담은 목소리로 "민주야, 어서 성당 가라" 하며 단호하게 말씀하셨다. 그 짱짱한 음성으로 나를 성당에 가게 하던 아빠가 더 이상 눈으로 확인할 수 없고 목소리를 들을 수 없단 사실에 순식간에 울음이 터졌다. 떠나

시기 전 고통을 소리 없이 참고 견디다 끝내 흐릿한 눈빛으로 눈을 감고 숨을 멈춘, 힘 잃은 노인의 적요가 떠올라 몸이 떨리고 울음이 더 크게 번졌다.

잠시 후 계단을 뛰어 올라온 둘째가 "엄마, 배고파!" 하며 다가왔다. 손으로 급히 눈물을 닦았다. 밥을 차려주고 채비를 하고선 북한산 방향으로 나섰다. 마음을 진정시키려 짧은 산책을 다녀올 계획이었지만 멈추고 싶지 않았다. 그렇게 꽤 긴 거리를 걸어 올랐다. 비어서 더욱 수려한 나무와 큰 바위 사이로 녹아내린 얼음, 눈 위에 여러 짐승 발자국이 봄이 오고 있음을 말해 주었다. 한적하고 평화로운 숲길에는 오래된 사찰도 보였다. 그 주변에 거대한 바위가 겹겹이 쌓여있었다. 거대하고 큰 기운의 바위에 시선을 뗄 수 없어 끌려가듯 그 앞에 앉게 되었다. 깊은 호흡을 몇 번 하고 나니 소리가 들리기 시작했다. 바위틈에서 나는 미세한 바람의 소리, 근처 나무에서 딱따구리 집 짓는 소리, 멀리서 들려오는 짐승들의 움직임의 소리. 가만히 듣고 있으니 소리가 음성으로만 전달되는 것이 아니라 꼭 모습이 있는 것 같았다. 그런 자연의 소리와 모습이 나를 다독이는 듯했다.

오늘 아빠가 생각날 때 유독 목소리가 가장 먼저 떠올랐다. 그의 목소리는 부드럽고 따뜻하고 때론 안정적이지만 슬픔이 배어있기도 했다. 아빠의 무표정한 얼굴과 담담한 음성이 들렸다. 그 목소리에는 슬픔의 정서가 소리로 느껴진다고 하기보다 분명 어떤 형상을 떠오르게 하는 무언가가 있었다. 때문에 아빠의 목소리는 계속 듣고 싶다기보다는 곁에 두고 보살피고 싶다는 마음이 더 크게 일어났다. 아픈 아빠를 자주 못 뵈었던 지난날이 미안해서 그럴 것이다. 사람의 목소리는 아주 긴 세월 남는다. 사랑했던 사람이라면 더욱 그럴 것이다. 목소리와 함께 수없이 나누었던 이야기와 추억이 자동 소환될 것이고 그때 나누고 공유했던 감정도 끌고 올 것이다.

북한산 산속에서 봄이 오는 소리를 들으며 그 목소리를 그리워했다. 집을 나오면 주택가 골목길이 산으로 이어지는 이 동네가 위로가 되었다. 자연과 가까운 동네는 햇살과 바람을 맞으며 걷기에 더없이 좋다. 집에 있던 허름한 옷을 입고 슬리퍼를 신고 걷기도 하고 숲속까지 닿고 싶으면 물과 운동화만 있으면 된다. 아이들과 목적지를 정하고 시작하기도 했지만 목적지를 변경해도 괜찮고 힘에 부치면 그만

두어도 상관없었다. 긴장과 목표 지향이 난무한 일상에서 목적 없는 산책은 그 자체로 따스하고 우호적이다.

즐겨듣는 팟빵의 어느 채널에서 명상의 세계에서 한 도반이 수련 중에 "스승님 명상이 도대체 무엇입니까?" 질문했을 때 "커피 마실 때 커피만 마시는 거!"라는 이야기에 놀란 적이 있다. 그렇지! 커피 마실 때 커피 마시는 거에 온전한 것이 명상이지! 그렇듯 산책 나설 때 머릿속 상념을 가라앉히고 '걷는 것'에 집중하고 싶지만 나는 자주 놓치고 무너지고 만다. 그에 반해 아이들은 단순하고 즐겁게 걷기만을 즐기고 있다. 왼발 오른발의 움직임과 함께 눈앞에 나타나는 풍경을 응시하다 다음에서 그다음으로, 꾸준히 흘러가는 산책의 맛을 누린다.

어떤 동네에 살고 싶으세요?

학창 시절 내 집은 소도시 번화가에서 300m 떨어진 주택가 골목에 있었다. 아빠의 사업 실패로 바닷가 근처 신축 아파트에서 낡고 좁은 그 집으로 이사와 20대 초반까지 살았었다. 우리 여섯 식구와 결혼 못 한 삼촌 그리고 1년에 6개월 이상 찾아오셨던 외할머니까지. 혼자 다리 뻗고 잘 수도 없고 집중해서 공부하기조차 힘들었다. 고등학생 때부터 종종 주말에 대충 저녁 식사를 하고 골목을 빠져나와 5~10분 정도 걸으면 닿는 시내 거리를 걸어 다니는 걸 즐겼다. 선택한 고독 속에서 거리 구경, 사람 구경을 했다. 엄마 아빠가 심부름을 시키지도 않고 할머니의 고집스러운 표정을 마주하지 않아도 되었다. 인기 가요가 곳곳에서 들리고 노점에 액세서리가 펼쳐져 있고 오가는 사람들은 각자의 이유로 바빠 보였다. 노랫소리와 번쩍거리는 네온사인, 적당히 소란스러운 그 도시의 익명성이 가벼움을 느끼게 했다.

고등학교 졸업쯤에 딸들은 우리 몫의 미래에 순응했다. 서울이나 대도시로 대학에 갈 수 없는 형편에 그 지방의 대학에 다니면서 아르바이트를 하고 학자금 대출을 받았다. 응석을 부릴 수 없으니, 대신 자립심을 키우는 편을 선택했었다. 둘째 언니는 25살이 되던 봄날에 결혼했다. 서울에서 누구나 아는 대학을 졸업하고 시아버지 직업도 확실했던 형부랑 몇 년 연애하다가 결혼을 하게 되었다. 나는 서울에 언니 집이 생긴 것이 신나서 주말마다, 시간이 생길 때마다 4~5시간 고속버스를 타고 부지런히 들락거렸다. 크고 낯선 서울은 자극적이고 거침없는 느낌이었다. 언니랑 시간을 보내다 혼자 운동화를 가뿐하게 신고 서울 여러 동네를 산책하고 다녔다. 빌딩이 늘어선 길을 몇 블록 걸어 들어가다 보면 나의 발길은 자주 주택가 골목길에 가닿아 있었다. 세월의 흔적이 선명하여 힘 있어 보이는 단단한 주택들이 늘어서 있었다. 야트막한 언덕길을 오르면 산의 풍경도 보이고 나이 많은 큰 나무도 자리하고 있었다. 집마다 다른 지붕 모양과 빛깔이 쉬지 않고 눈에 들어왔다.

가을이 한창인 어느 주말에 서울에서 요가지도자 모임이 있어 참가했다. 몇 년 전 인도 연수를 함께 가게 되어 알게 된 요가 관련 지도자나 철학 교수님으로 구성된 멤버였다. 고생한 인도에서의 기억은 그날의 관계를 더욱 돈독하고 반갑게 만들어 주었다. 내가 가장 어린 나이기도 했지만 나 빼고 전부 기혼자였다. 대도시 서울에서 가정을 이루고 번듯하고 안정된 곳에서 일하고 있다는 사실이 새삼 부러웠다. 나도 뭐, 소도시지만 나름 잘나가는 인기 강사여서 만족하고 있었지만 서울이라는 곳은 다른 '판'이었다. 그렇게 엄습하는 외로움과 쓸쓸함은 밑도 끝도 없이 깊어졌다. 자꾸만 못나게 구는 내 마음이 못마땅해 누구보다 크게 웃고 자주 따뜻한 척했다.

언니가 기다린다는 핑계로 가장 먼저 자리에서 일어났다. 인사동에서 느긋하게 걸어 효자동을 지나 통인동 옆쪽 필운동에 다다랐다. 나의 우울과 상관없이 찬란한 가을의 노을빛은 아름답기만 했다. 긴 벤치에 동네 할머니처럼 보이는 분이 순한 표정을 하고 앉아 계셨다. 나는 조금 지친 상태라 벤치 끄트머리에 앉아서 지나다니는 사람들을 물끄러미 바라보았다. 반려견과 산책 나온 사람들은 서로 아는 사이였고 나이 지긋한 어르신들도 강아지에게 인사를 나누었다. 골목에서 달큰한 바람이 불고 구수한 밥 냄새가 났다.

그 순간 내 입가에 부드러운 미소가 번지고 있음을 느꼈다. 멀찍이 앉아 계시던 할머니께서 낯선 아가씨네 하시며 말을 거셨다. "아! 네!" 약속이 있어 나왔다가 걷다 보니 이곳에 이르렀다고 대답했다. 뭔가 할머니의 푸근함에 마음이 놓였는지 이런저런 이야기를 했다. 결혼이란 게 막연하고 두렵게 느껴진다는 나의 말에 결혼은 선택이지만 사랑은 하지 않고 살 수 없다고 말씀하셨다. 할 말을 잠시 잃고 할머니의 아름다운 주름을 바라보았다.

어린 시절의 기억과 그날의 동네 분위기가 내 집을 짓고 사는 데 큰 역할을 하였다. 꼭 토지를 직접 사고 집을 짓지 않더라도 평소 어떤 동네에 살고 싶은가를 생각해 볼 필요가 있을 것이다. 마실로 공원을 충분히 드나들 수 있는지, 길고양이들에게 먹이를 주는 것에 반대하지 않는 분위기인지, 쉼을 공유할 수 있는 공간이 있는지, 어떤 동네에서 '어떤'에 해당하는 요소를 생각해 볼 필요가 있을 것이다.

동네가 좋아야 그 안에 사는 삶이 안온하고 평화로울 수 있다. 일상은 즉흥의 연속이고 삶의 사건은 그저 벌어지는 일이 많은데 그럴 때 빠르게 위로와 환기가 되는 주변이 있

다는 것은 위안이 된다. 나는 주위에 초록이 많은 것이 중요
했고 걸어서 자연을 흠뻑 느낄 수 있는 곳이 '어떤'에 포함되
었다. 골목에서 걸어 나와 느긋하게 차 한잔 즐길 카페가 있
고 산책을 하다 마주치는 사람들의 이름까진 몰라도 이웃이
라는 걸 금세 감지할 수 있고, 도움이 필요한 순간 망설이지
않고 도와주는 소속감이 발현되는 그런 동네. 유난히 자신
과 맞는 동네에 들어가면 햇살도 더 풍성한 것 같고, 낯설지
만 따뜻한 분위기의 동네가 있을 수 있다. 그런 경험까지가
건축의 경험이 될 것이니 환경을 고려한 어떤 동네에 살고
싶은지 스스로 자주 물어보면 좋을 것이다.